恐龙德克之乌鸦令

黄 鑫◎著

百花洲文艺出版社
BAIHUAZHOU LITERATURE AND ART PRESS

图书在版编目（CIP）数据

恐龙德克之乌鸦令 / 黄鑫著. -- 南昌 : 百花洲文艺出版社, 2022.12
ISBN 978-7-5500-4875-1

Ⅰ . ①恐… Ⅱ . ①黄… Ⅲ . ①长篇小说 – 中国 – 当代 Ⅳ . ①I247.5

中国版本图书馆CIP数据核字（2022）第230015号

恐龙德克之乌鸦令

黄鑫 著

出 版 人	陈 波	
责任编辑	矢 捷	
书籍设计	黄敏俊	
制 作	何 丹	
出版发行	百花洲文艺出版社	
社 址	南昌市红谷滩世贸路898号博能中心一期A座20楼	
邮 编	330038	
经 销	全国新华书店	
印 刷	江西千叶彩印有限公司	
开 本	720mm×1000mm 1/32 印张 7.5	
版 次	2022年12月第1版第1次印刷	
字 数	150千字	
书 号	ISBN 978-7-5500-4875-1	
定 价	32.00元	

赣版权登字 05-2022-261
邮购联系 0791-86895108
网 址 http://www.bhzwy.com
图书若有印装错误，影响阅读，可向承印厂联系调换。

目录 | contents

引 子

没人知道这些故事发生在什么时代，也没人知道这些动物生活在什么地方。

包括我，我感觉自己的记忆力越来越差了。

我要赶紧记下与他们有关的一切告诉大家。

我知道他们可以像人类一样相互交流，可以像人类一样微笑和哭泣，像人类一样高兴、痛苦、恩爱、仇恨、祝福和诅咒。像人类一样聪明，一样愚蠢。

但我确定他们不是人类。

他们实在丑陋极了，每一只都青面獠牙，凶神恶煞，即使他们个个以吃草为生。

我翻阅了很多古书，我想他们应该是一群恐龙，天下最丑的动物，莫过于恐龙了吧。认识他们之前，我并不知道真实的恐龙应该是个什么样子。

这么丑陋的一群家伙，就叫他们恐龙吧。

这群恐龙的丑陋又各不相同，甚至父母子女都相差甚远，他

们其中的每一份子，都是唯一的，独特的，个性的，显得格格
不入。

格格不入的恐龙们，干脆把自己生活居住的森林，叫作了
"格格森林"。

格格森林应该是天底下唯一的一片森林。格格森林里的每一
棵树，也是唯一的一棵树，每一棵都长势独特，绝无仅有。

再说说这片泥土地。

那是承载着格格森林和恐龙生命的一块方方正正的泥土地，
叫作"大立方洲"。然而大洲的面积并不大，一只奔跑速度稍快
的恐龙，天亮的时候出发，用不了一天的脚程，天黑前，就能环
绕着大洲跑完四条边界，回家睡觉。

在四条边界上，奔跑的恐龙总能看到一片汪洋的水面。那可
是他们的圣地"王子湖"。

传说这片水域与某位王子颇有渊源，我却一直没找到证据。

恐龙们依水而居，泥土地以"洲"摄名，就不足为奇了。

王子湖里的水虽然也只有一片，却是与天空连在了一起，清
澈，安宁，浩渺如烟，漫无边际。恐龙们也从不去饮用一滴，更
不能取王子湖的水来洗漱自己。若身上沾了泥垢，他们宁可等上
几日，靠露天的雨水冲刷干净。

那些至纯至净的湖水，的确不能随便饮用，有大胆尝试过
的，据说腹痛无比。

王子湖的湖水只能用来供奉。

噢，供奉。格格森林里几乎天天都有供奉。成百上千只恐龙

呢，每天总要有生老病死，有是是非非，那么就总需要祈愿，也就需要供奉。

格格森林正南边，矗立着大洲上唯一的一座大山，叫作"雪峰山"。

雪峰山的底处，住着洲上唯一的一位通灵者，被称作"乌鸦大师"。

其实"乌鸦"只是一种音译，通灵者即使不是恐龙一脉，却也不至于堕落成一只黑黢黢的老鸹。现任的乌鸦大师甚至优雅而白净，有着一副天鹅般赏心悦目的模样。恐龙们依然坚持把通灵者们叫作"乌鸦大师"，无论他是什么动物。

这群丑陋而固执的家伙。

要说这位"乌鸦大师"，与乌鸦倒也不缺相似之处，他至少跟乌鸦一样会飞。

大师天生了一对儿足够长的大翅膀。整片森林里，也就乌鸦大师一个人能够离地而起，在树顶上飞来飞去。

当然，恐龙对于乌鸦大师的兴趣，可不在于他有多么长的大翅膀，或者他能够多么自由自在地飞翔。每一只被生活困扰过的恐龙，都会把心事写在一块"祈令石"上，依赖乌鸦大师嘴里吐出的一句《乌鸦令辞》，渡过难关。

这种救助，可是与生命一样的重要。

灵验的《乌鸦令辞》，有一个响当当的名字，就叫作"乌鸦令"。

乌鸦令的灵验，早已达到了极致，千百年来，从没遭受过质疑。恐龙们有再大的祈愿，只等乌鸦大师慢悠悠地吐出一句甜丝丝的乌鸦令，忧患顿消。

对，甜丝丝的。

祈愿者对乌鸦令的回报，却不必昂贵，只需要亲自从王子湖里舀一杯湖水，里面加上一点点蜜糖，供奉给乌鸦大师喝。

对，蜜糖。

他们的乌鸦大师，是格格森林里唯一嚼不动树叶和青草的动物。他们一直靠着蜜糖水来喂饱自己。

通灵者乌鸦大师，他们好像连半颗牙齿都没有。

一、格格森林的节日

1

格格森林里好久没有这般热闹了。

即使没有一丝杂风。太阳慢慢升腾出来，阳光奋力冲破晨雾，给森林里大大小小的树和花花草草们镀了金，再灰头土脸的枝丫，也瞬间变得光鲜亮丽，精神抖擞，像一群刚刚得了功名的雅士。

树下的动物们看上去形态各异，却是清一色的恐龙。

这片森林里只有恐龙。

这群恐龙只嚼树叶子长大，生得就不怎么凶神恶煞，脾气也奶奶心。今天又确实是个大好的日子，现场的每张脸上，都积满了友善，他们的嘴角咧开着，又几乎不露一颗獠牙，眼睛里含着母亲才有的柔光，鼻孔里喷着过大年时候的喜庆气息。

今天是一年一度小恐龙们破壳的日子，也是格格森林一年里唯一的节日。

今天的正午，是一年里气温最高的时刻，如果那些乳白色的圆球里面，确实是一只只恐龙的话，他们一定会在今天破壳。

为了迎接这些小家伙，每一只恐龙都打扮得漂漂亮亮。大家还拿出了家里最美味的食物，甚至包括珍藏了一年的栗子酒。

他们还要跳舞。

大家鼓足了劲，要隆重地庆贺一番。

像"开盲盒"这样的兴奋时刻，应该没有人去哀愁，没有人去痛苦吧？却偏偏从不远的角落里传出一声叹息。

没一会儿，又传出一声，不轻不重。

人群里有一只恐龙离角落最近，她是一只耳朵极为灵便的鹦鹉龙。

耳朵灵便的恐龙，总会有很大的嗓门，这只鹦鹉龙，平日里就被唤作"大嗓门"。当然，也有懂礼貌的后辈，会尊她一声"嗓门大娘"。

叹息只传到第二声，嗓门大娘就伸着脖子寻了过去。

嗓门大娘靠得越近，叹息就越是一声连着一声，直到连成了一片呻吟，嗓门大娘也就看清了躲在草丛里的大家伙。

大娘的好奇终于爆发成了警报，"有蛇，大蟒蛇！"嗓门大娘很负责地呐喊着。

蛇？还是大蟒蛇！

现场立马就乱成了一锅粥。

大家纷纷喊着："有蛇，大蟒蛇！"甚至比嗓门大娘的声音还要大。

整个格格森林很快沸腾了起来。

格格森林里闯进了蟒蛇，这的确是个了不起的大事件。其实，森林里闯进来任何一只不是恐龙的动物，都是一个大事件。

传说，在很久很久以前，森林里曾经闯进来一条大蜥蜴，几乎踩碎了所有没来得及孵化的恐龙蛋，那个可恶的凶手，虽然被愤怒的恐龙妈妈们踩进泥土里，死掉了，但那次的恐惧和伤心，依然一年一年流传了下来，令所有恐龙慌恐不已。

今天的大蟒蛇，其实并没有多少恐龙认识。

包括报警的嗓门大娘，也只是从读过的一本《兽经》中得到的知识进行辨认。这类细细长长，有着小脑袋、大肚子和尖尾巴，却没有脚的家伙，书本上把他们叫作大蟒蛇。

格格森林的书本上，对所有恐龙之外的食肉动物，都有着很细致的描述和画像，每一只恐龙都要从小去学会辨认，牢记于心。

像大蟒蛇这样的危险分子，甚至要刻进骨子里。

这确定是一条大蟒蛇无疑了。

这条本来应该凶残暴虐的大蟒蛇，却只是在叹息或者呻吟，他显得虚弱极了，好像连吞掉一枚恐龙蛋的力气都没有。

可谁知道呢？这些善于伪装的家伙。

甚至没人试图厘清他究竟是谁，为什么而来这些头绪。大家只是一味地发着警报，一浪高过一浪。

那些恐龙妈妈们早已围成了一圈，把所有恐龙蛋一枚不落地保护起来。其他年轻力壮的恐龙们，就开始向着嗓门大娘的方向涌去。他们要把并不熟悉的大蟒蛇治服，五花大绑抬到雪峰山下，丢在乌鸦大师面前，由他老人家处置。

在格格森林隆重的节日里，发生这样的意外，每只恐龙心中，都生出了一股子怨恨，都恨不得挤上前去，在大蟒蛇身上踢上一脚。

那么多美味的食物，包括珍藏了一年的栗子酒，还有舞蹈，全泡汤了。

全泡在了令人心惊肉跳的警报里。

2

大蟒蛇的确是在叹气，但也夹杂了呻吟。

"雪峰山不必去了。"大蟒蛇的声音显得急促而又低沉，像是受了致命的伤害，"你们的乌鸦大师，飞走了，再也不会回来了……"

大蟒蛇的这些话，并没有几只恐龙听清楚了。

大家依然沉浸在快乐被泡在汤里的愤怒中，嘴巴里嚷着从未谋面的"大蟒蛇"。

首先闭嘴的竟然是嗓门大娘，示意大家闭嘴的也是嗓门大娘："大家安静一下，大蟒蛇竟然会说格格森林的语言呢。听他说，听他说。"

嗓门大娘的话，果然让恐龙们感觉到了诧异。

格格森林的语言，有着特有的发音和节奏，只有土生土长的恐龙，坚持几年的学习，才能慢慢掌握。任何一个入侵者都不会说，也听不懂。

这条大蟒蛇，竟然会说一口流利的格格森林的语言？

这个家伙，该是一个潜伏了多久的敌人啊！

现场的恐龙们，几乎都深深地吸了一口凉气，大张着嘴巴，紧紧地闭上了眼睛。这是一件多么可怕的事情，一个入侵者，竟然学会了格格森林特有的语言。

这个善于伪装的家伙！

森林里彻底安静下来，大蟒蛇的声音倒显得清晰了些："你们的乌鸦大师，他飞走了，他丢弃了你们。"蟒蛇又重复了这么一句，跟着就叹了一口气，呻吟了两声，看上去气若游丝，"我饿了三天三夜，快要饿死了。"

"你到底是谁？藏在这儿干什么？"恐龙群里有人问道。

没人关心一个潜在凶手的温饱，大家只关心他是谁，或者他与乌鸦大师的关系。然后判断他吐露的消息是真是假。

大蟒蛇只好艰难地停止了诉苦，微弱地回答道："我是一条蟒蛇。"

恐龙们又是一阵不小的骚动，但很快就平静了下来。

这个回答太多余了。

"你们的乌鸦大师，从小跟着我长大，他是我的徒弟呢。"听到这儿，恐龙群里有了更大的骚动，一些粗暴的声浪又高了起来。

大家纷纷喊着："骗子！谎话！一派胡言！"

蟒蛇干脆放平脑袋，气都不叹了，只是一声声地呻吟着。至于呻吟中有没有含着辩解，却没人听得清。

"有谁去雪峰山上跑一趟，看看乌鸦大师到底在不在？"直到恐龙群里有人建议，大家的声讨才稍稍平息。

这的确是一个有用的建议。

一只热心的小鼠龙应声蹿了出去，眨眼就没了踪影。

小鼠龙去雪峰山，来回总要费些时间。嗓门大娘虽然对蟒蛇的话也不尽相信，但聊聊天，沟通一下，总没有坏处，即使面对一个骗子。

"你说，你是乌鸦大师的师父？"嗓门大娘对着颓废的蛇头质问。

蟒蛇勉强点了点头，就继续呻吟。

"那你知道乌鸦大师的法宝是什么呢？"

"乌鸦令。"大蟒蛇的回答半点都没犹豫，这倒出乎了嗓门大娘的意料。

"你若是乌鸦大师的师父，那么也应该懂得乌鸦令吧？"

"荒废了几十年，不灵了。"蟒蛇重新叹了口气，"《乌鸦令辞》传给弟子，师父就会失去通灵法力，咒语就会失灵。"大蟒蛇费力地抬了抬眼皮，像在自言自语，嗓门大娘几乎把耳朵凑进了蛇嘴里。

这其实是个非常危险的举动，这只猛兽自己都说饿了三天三夜。

嗓门大娘用生命换来的好奇，终于得了回报。蟒蛇如果是个骗子，那可真是个编故事的高手。蟒蛇说，自己年轻的时候，本是一只蜥蜴。在沙漠里遇到一片陌生的水域，游了好多天，就游到了格格森林。当时实在不小心，踩碎了埋在沙滩上的几枚恐龙蛋。后来，就被一群恐龙妈妈给踩进了沙地里。

这个说辞倒与多年的传说如出一辙，并不见怪，只是后来……

蟒蛇说，被踩进沙子里的蜥蜴并没有死掉，他被一只鸭嘴龙给挖了出来，虽然失去了腿脚，变成了蟒蛇的身形，却在鸭嘴龙的通灵法术下保住了性命。这只鸭嘴龙，正是格格森林当时的通灵者，乌鸦大师。

"乌鸦大师难道不是一只乌鸦吗？"嗓门大娘感觉故事有点离谱。

"现在的乌鸦大师也不是一只乌鸦啊，我的徒弟只是一只白鹅而已。"蟒蛇顶了鹦鹉龙一嘴，就用心解释这乌鸦大师的由来。

其实，乌鸦大师最早是叫"乌牙"的，就是黑色的牙齿。那些咒语也被叫作《乌牙令辞》，这全是大师们天天以糖水为食的后果，牙齿越来越黑，直到全部掉光。大师们在牙齿掉光之前，一定要找到一个合格的徒弟，把咒语传给他，没有牙齿的乌鸦大师，咒语会渐渐失灵。

嗓门大娘听到这儿，斜眼瞅了瞅蟒蛇的嘴巴。

蟒蛇很配合地咧了咧嘴角，果然看不见一颗牙齿，倒像一个"无牙"大师。

嗓门大娘晃了晃脑袋，感觉这"黑色的牙齿"用在大师身上，的确有失体统。"那白鹅大师呢，你的徒弟，为什么要飞走呢？还不回来了。"上了年纪的鹦鹉龙，感觉蟒蛇的话有些道理，至少不像个一心讨便宜的大骗子。

"他有了异心。"蟒蛇很吝啬地用力加重了语气，"他的牙齿很快就要掉光了，他不想分出一半的糖水供养我了，他要饿死我这个师父，他还不想把《乌鸦令辞》传承给别人，他一直不收徒弟。"

说完这些，蟒蛇的整条身子都瘫软了下去，仿佛用尽了全部的力气，呻吟都消失了，只是微微起伏着肚皮，用嘴巴喘着粗气。

"小鼠龙回来了。"恰在这时，就有眼尖的恐龙喊道。

3

消息一路传了过来。那只白鹅，哦，我们的乌鸦大师，他跟本就没有飞走。

嗓门大娘恶狠狠地瞪了一眼瘫软在地上的蟒蛇。

嗓门大娘感觉被骗了，而且自己还很耻辱地相信了骗子精心编造的故事。

这条老掉牙的长虫，活该奄奄一息。大娘心里咒着骗子，又怀着对大师的愧疚，就一把拉过小鼠龙："乌鸦大师说过什么吗？针对这条蟒蛇。"

小鼠龙抓起皮囊，掫了一口栗子酒，长长吐出一口酒气："没，没说，什么也没说，我把发现了一条大蟒蛇的消息，写在祈令石上，门缝里就飘出了一张乌鸦令。"

小鼠龙说着，从怀里掏出一枚折叠好的树叶子，递给嗓门大娘。

树叶展开，只见上面很清晰地写着四个大字：诞龙一只。

诞龙一只？现场足足安静了十秒钟，便炸开了锅。

格格森林每年要自然死掉近百只老恐龙，当然也要孵化出近百只小恐龙。亿万年来，这片土地上的恐龙家族，一脉繁衍，生生不息，靠的就是生死平衡，今年的乌鸦令怎么会预言"诞龙一只"呢？

现场的几百个恐龙妈妈，开始陆陆续续地哭出声来。

沙滩上的几百枚恐龙蛋，她们看得比自己的生命还重要，现在却预言大部分孩子会胎死蛋中。而且预言又来自她们奉若神明的乌鸦令。恐龙妈妈们越想越伤心，开始集体哀叫起来，还一个挨着一个，哭倒在了地面上。

这是一场从来没有过的嚎啕大哭。

整个格格森林都在战栗，整片大立方洲都在动摇。

嗓门大娘并没有需要破壳的孩子，只是耐心地安抚着身边的恐龙妈妈。当她再次想去瞪一眼那条大蟒蛇时，却发现那家伙没了踪影。

"蟒蛇呢？哪去了？"嗓门大娘四个张望着，轻声问自己，"绝不能让他溜掉了，这个坏家伙，大骗子。"

嗓门大娘并没有费多大的劲，就在不远处发现了蟒蛇。大蟒蛇正在衔着小鼠龙丢掉的那只皮囊，咕咚咕咚地喝酒。

那可是些珍贵的栗子酒，这个无耻的骗子。

嗓门大娘丢下痛哭流涕的恐龙妈妈们，蹿到大蟒蛇仰起的脖子下，狠狠地把皮囊夺在手里。

蟒蛇的生命力真是顽强，几口栗子酒下肚，竟然很快就恢复了飞扬的神采，与先前的衰败模样，判若两人。

"谢谢你啊，鹦鹉龙女士。"大蟒蛇还咧着一张没长牙的大嘴，对着怒气冲冲的嗓门大娘，微笑和道谢。

受了感谢的鹦鹉龙女士，却没有一点好气，甚至感到，这是平生受到的最大的羞辱。"你为什么要骗我们？白鹅大师明明好好地待在雪峰山下的乌鸦洞里，你为什么要说他飞走了，大师怎么会抛弃我们呢？"

说到气愤之处，嗓门大娘甚至用爪子用力拍打着空空的皮囊。

格格森林向来对说谎者恨之入骨。

"继续，鹦鹉龙女士。"蟒蛇无耻地微笑着，他甚至把身子盘成了一坨屎的模样，用尾巴托着下颚，乐呵呵地望着对方，"你还要骂些什么呢？"

嗓门大娘本来还要骂他是个小偷，刚才偷喝了格格森林里珍贵的栗子酒，但是想了想，在格格森林里讨一口酒喝，实在算不上什么罪恶，只好作罢。

看到嗓门大娘暂时闭了嘴巴，蟒蛇就慢慢地抬起头，望着远处的雪峰山。

"那只小鼠龙并没有见到白鹅，他只是发现了写着乌鸦令的一片树叶子而已。"蟒蛇稍微顿了一下，他接下来的话，让原本就喘着粗气的鹦鹉龙，呼吸变得更加困难了。"这是白鹅留下的最后一条乌鸦令，我记得它就夹在乌鸦洞口的门缝里。"蟒蛇很肯定地说完这句，又用了更加肯定的语气，断定大立方洲上很快就会没有雪峰山了，"你也知道，格格森林里，包括这片大立方洲上，并没有什么河流，王子湖的水，是雪峰山上的雪融化后，从山上流下来的，没有雪峰山，王子湖迟早会干涸。我曾经说过，大立方洲外面是一片干燥的沙漠。没有了王子湖，大立方洲也会变成一片沙漠。"

沙漠？那不是离自己很遥远的地方吗？

恐龙们渐渐围了过来，他们已经不那么怀疑蟒蛇了，反而开始怀疑自己，他们怀疑自己在做梦。

自己的家园要变成沙漠了！

他们感觉喉头有些隐隐作痛。这些隐痛很快就漫延到了脑袋、胃里和四肢上，最后就到了全身的每一寸肌肤。

鹦鹉龙困难地咽下一口唾沫，仿佛在证明自己有没有干瘪。"你没有骗我们？"嗓门大娘无助地望着蟒蛇，她从来没有像这般渴望对方是个彻头彻尾的大骗子，那该多好啊。

蟒蛇并没有回答她。

蟒蛇正在暗自惊喜。刚才自己无意中喝了点恐龙的栗子酒，竟然恢复了一部分通灵的本领。如此说来，自己这位退了休的乌鸦大师，只要戒掉蜜糖水，以后跟着恐龙们多吃点森林里的土生食物，说不定会重新上岗，再次口吐灵验的乌鸦令啊。

蟒蛇正想到这儿，远处却突然传来了一阵"轰隆轰隆"的巨响。

恐龙们集体望了过去，包括那些肝肠寸断的恐龙妈妈们，顿时惊慌失措。

那座高耸入云的雪峰山，竟然从雪白的冰帽开始，一层一层地崩裂成了碎片。不出一盏茶的工夫，偌大一座山峰，居然消失得无影无踪了。

仿佛这片大地上，从来没有出现过一座雪峰山一样。

那可是一座神山，与天地一般的久远，不应该与天地一般的牢固吗？

所有恐龙都变成了"雕塑"，他们目瞪目呆，一动不动地望着空旷的原野。现场再也听不到一声哭泣，也没有其他任何的声音。

很长的一段时间里，格格森林里，连空气都是静止的。

二、小恐龙德克

1

"去年，只有我一只恐龙出生吗？"小恐龙德克追在乌鸦大师的身后，这已经是他近两年来，不少于第一千次的疑问了，"您确定吗？"

乌鸦大师毕竟上了年纪，有些老态龙钟，再说他原本就是条笨拙的蟒蛇。

"是的，"蟒蛇大师好像并不嫌烦，依然盯着德克的眼睛，用缓慢的语气耐心回答，"那是在雪峰山崩塌的第二天，一百多枚恐龙蛋，只孵化出了一只恐龙，就是你这只头顶上长着硬骨头的骨冠龙。"

接下去，不等德克追问，大师又继续重复着小德克的身世。

小家伙出壳后，那枚蛋壳上的编号并没有被认领，这条骨冠龙出生就是个孤儿，没人知道他的爸爸是谁，妈妈是谁。连通灵的老蟒蛇都说不上来。

认亲可是一件特别严肃的事情。

但乌鸦大师却在裂开的蛋壳内部，找到了四个小字：以德克艰。

"所以，师父您就给我起了一个德克的名字。"德克总会在最后，替大师说完这句熟悉的总结。

这次，乌鸦大师也正好慢吞吞地喝完一杯栗子酒，眯起眼睛，对着德克微笑。

老蟒蛇感觉这是老天爷对自己的恩赐，把一只聪明的骨冠龙送到自己身边。

老蟒蛇要尽快把乌鸦令的法术传给德克，他要把这只小恐龙，培养成一名合格的乌鸦大师，越快越好。

想到这儿，老蟒蛇竟然生出来一丝丝的心慌。

自从雪峰山消失后，格格森林的节奏，好像突然变得急速起来。树叶急速地变绿，又急速变黄；小草急速发芽，急速枯萎；再大的雨都急下急停；太阳和月亮急速滑过天空，星星急速流逝；陌生的恐龙们急速成为朋友，又急速仇深似海，化作敌人。整个森林就像皮鞭下的陀螺，被抽着迅速地旋转，越转越快，越转越快……

最近，乌鸦大师会经常生出一种不好的预感，仿佛有一场很大的灾难，就要席卷而来。比当年失去雪峰山的灾难更大。

老蟒蛇的沉闷，让德克感觉到有些无聊。

德克爬出乌鸦洞，爬下恐龙们为乌鸦大师搭建的小假山，想去森林深处走走。

出门不远，德克发现一棵苍老的栗子树上，一只上了年纪的鹦鹉龙，在一片一片地摘树叶。秋后的树叶那么枯黄，老鹦鹉就在摘枯黄的树叶子。

小德克不解，仰着头问："嗓门大娘，您为什么要掰那些枯黄的叶子呢？又不能吃。"

老鹦鹉龙手里顿了顿，并不停歇，嘴巴嗡嗡回着："那些被风吹落的叶子又不该死，凭什么留下来的，就要挂在树枝上招摇，它们又不是格外的翠绿，又不能喂我们过冬。嗯……我得掰光它们。"

德克感觉，嗓门大娘说话特别有趣，越来越像个可以推心置腹的小伙伴。

2

然而第二天，一大早就传来了鹦鹉龙的死讯。

那个越来越像小伙伴的嗓门大娘，抱着一团枯黄的树叶子，死在了栗子树下。

"一只活生生的恐龙，怎么……这么轻易地，就死掉了呢？"德克听到乌鸦大师带回来的噩耗，心里难过极了，"那么好的一只恐龙，为什么会死掉呢？"

老蟒蛇却不动声色，只比平日里多喝了一杯栗子酒。

乌鸦大师脸上，安静得像一片落在地上的叶子，脸色也一样的枯黄。

今年没有一枚恐龙蛋孵出过小恐龙，而那些上了年纪的恐龙，却在按时死去。其实这位乌鸦大师的嘴巴里，很早就含了一句乌鸦令，迟迟没有吐出来。

那是一句四字预言。

想到这儿，老蟒蛇浑身颤了一颤，把喷薄欲出的四个字，用力吞咽了下去。

乌鸦令只要不出口，就不会生效。乌鸦大师赶紧竖起尾巴，又给自己斟满了一杯酒，一饮而尽。他宁愿把自己变成一个胡言乱语的酒鬼。

乌鸦大师开始后悔起来，后悔自己重拾了灵验的法术。

那句该死的乌鸦令，却像一条生满牙齿的蛔虫，在蟒蛇的躯体里四处咬啮。

乌鸦令有自己的规矩，若没有人来求问，那么大师可以不说。乌鸦大师恰恰就守着这一丝曙光，只要格格森林的恐龙，不去在意恐龙蛋的孵化，忘记向乌鸦大师祈求，这句恶毒的预言，就会封存在自己的肚子里，永不灵验。

那该多么幸运。

然而，聪明有时也会变成一种祸患。

乌鸦大师并没想到，自己聪明的小弟子，会在嗓门大娘死后，漫不经心地问出一句："师父，其他恐龙，未来会怎么样？"

老鹦鹉龙的去逝，对这小子的打击实在太大了。

蟒蛇故意不去理会，只是一杯一杯地往喉咙里灌酒。

直到骨冠龙问过三遍，没了耐心，竟在残存的祈令石上，写下一句"恐龙未来"。任凭老蟒蛇把所有的酒囊塞进嘴里，依然阻止不了，那句吞咽已久的"恐龙灭绝"。

乌鸦令脱口而出。

乌鸦大师连忙停止酗酒，焦急地蹿了出去。

天上突然就起了大风。格格森林里，再粗壮的树冠，都在努力地扭摆，弱小的就干脆被折了枝叶或者主干，飞荡在半空。天地间滚翻着乌云，灰蒙蒙一色，活像是有人把一大堆灰烬扬洒开来。风噪里夹着闷雷，仿佛有一万只恐龙在踏地奔行，每一只都打着呼哨……

再刮一会儿，气氛越发变得狰狞、恐怖，即使一万只恐龙也远远不及了。

乌鸦大师知道，这次的老天爷，一定是怀了恨意的。

一定要把这片净土抹平了去，才好解气。

3

那场大风过后，格格森林的气温，就骤降得厉害。

大家感到了从来没有过的寒冷。

不出几日，整座格格森林里，就再也看不到一片飘摇的叶子，所有的树叶都混进了泥土里，烂成一团。青草比叶子烂得更早一些。

大家已经感受到了，从来没有过的饥饿。

森林里，除了蟒蛇大师和他的徒弟德克，可以靠着通灵之术不吃不喝，其他的恐龙们却是又冷又饿，凭着仅存的一点栗子酒，勉强度日。本来就珍贵的栗子酒变得更加稀缺，直到老蟒蛇把乌鸦洞里所有的酒囊，都挤了三遍，再也施舍不出一滴栗子酒来，就只好带领一群恐龙，到王子湖边饮水救急。

大家就着西北风，喝了三天三夜的生凉水，个个肚子疼得要命。

这天早晨，乌鸦大师把还算活泼的德克叫到跟前，说有个任务，让他去远一点的泥土地里，挖些残存的草根，给几只快要饿死的老恐龙续命。

德克前脚刚走，就有个白色的身影自远处飞来，落在了王子湖边。

"白鹅……是以前的乌鸦大师！"总有眼尖的恐龙，他们率先喊了起来。

老蟒蛇也随之眼神一亮，只望了一眼，就确认是自己两年前的徒弟，是那个丢下师父和森林居民，独自离开的前任乌鸦大师。

一只忘恩负义的白鹅。

白鹅径直落到了蟒蛇面前，叫了声师父，却没有施礼，翅膀都没拱一下。

蟒蛇没有应答，表情也不温不火，漠然地盯着对面不停晃动的鹅头。

"师父，"白鹅并不介意蟒蛇的冷落，又喊了一声，"当年离开这里，徒儿是实在不忍心，看到这雪山崩塌、恐龙灭绝的惨象。当然，徒儿也是想出去遍访名士，看看能不能寻到拯救格格森林和恐龙的办法。"

蟒蛇依然不为所动。

显然，那些靠西北风和凉水活下来的恐龙，实在对这位过气的不速之客，提不起兴趣，偌大一群恐龙里，竟没有一只出来应声。

白鹅翻了翻白眼，张开两扇翅膀，做了个缓解尴尬的手势，然后扬了扬脖子说："经过两年的努力，我深入沙漠腹地，去过狗皮洼，公鸡岭，猪家村，鼠王国，而且在一处叫作塘潮的小池边，认识了一群青蛙，你们知道青蛙吗？"

依然没人吭声。

当然，这与兴趣不兴趣的无关。

恐龙们只会从书本里，牢记那些不吃树叶和青草的危险动物，他们确实不知道，鹅嘴里的"青蛙"是什么东西。

"那么狗皮洼的狗呢？公鸡岭的鸡？猪家村的猪？鼠王国的老鼠……就是耗子，这个大家应该知道吧？"急了眼的白鹅，把自己遇到的沙漠动物，一类一类地罗列，他实在想搞清楚，大家的沉默到底是一无所知，还是话不投机。

"知道，知道。"主动上前答话的，正是当年曾去雪峰山跑腿的那只小鼠龙，白鹅留在门缝里的乌鸦令，没让自己白跑一趟，小家伙明显是存了感激的，"我知道老鼠是什么东西，书上说，它们跟我长得差不多。"

"对对。"白鹅受到鼓励，立刻提高了嗓门，简直就是在呐喊，"那青蛙与老鼠也是一般大小，只是青蛙身上与恐龙一样，皮肤光光的，没有毛。他们也特别怕冷，大家知道吗？那沙漠里的冬天可是冷得要命。"

"比现在还冷吗？"恐龙群里又有人问道。

"冷！冷多了，滴水成冰，还下雪……雪大家见过吧？雪峰山上经常飘着的，白白的，像我一样的白，漫天都是，落到身上，能冻透骨头……"

"你到底要说什么？"对于白鹅的话题，蟒蛇越来越迷茫和不耐烦，再加上恐龙们咕咕直叫的肚子，还有逼人的寒风，蟒蛇大师开始很严厉地责问。

白鹅只好收敛起对白雪的演示，压低声调："师父，您知道，青蛙是如何过冬的吗？"这个弃徒，并没有留给师父回答的时间，瞬间又恢复了高亢的语气，还平添了几分神秘，"冬眠！他们捱过寒冷的办法，就是冬眠，恐龙朋友们。"

冬眠？不得不说，白鹅的话，的确让老蟒蛇找到了好多年之前的记忆。

当年，老蟒蛇是一条小蜥蜴的时候，生活在气候恶劣的沙漠里，面对寒冷的冬天，自己就会不吃不喝，钻进地下大睡一场，直到来年气温回暖。可惜，来到四季如春的格格森林，做了衣食无忧的乌鸦大师，学会了无所不能的《乌鸦令辞》，那些与生俱来的技能，反而被自己忘得一干二净了。

蟒蛇忍不住，拿尾巴狠狠抽了自己一个耳光。

对，又冷又饿的恐龙们，可以利用冬眠，熬过这个寒冷的冬天。

三、真正的乌鸦

1

小德克受了师父的叮嘱，一定要尽量多带回些草根，就走得比平常远了些。

格格森林虽然不大，但只有两岁的德克，并没有把森林的角角落落逛得跟邻居家一样熟络。现在面前的这棵大树，他就觉得特别陌生。

看得出，这是一棵不太常见的古树，而且又特别的粗壮。

这棵树一定也是特别高大的，德克想着，就不知不觉地好奇起来，加上自己又是个爬树的能手，他就搓了搓手掌，纵身一跃，像只猴子一样爬了上去。

这棵树的确特别高大。

德克只爬到了树干的半腰，就已经看遍了整片森林的头顶。

德克看到那些光溜溜的枝桠，正在强烈的北风里瑟瑟发抖，就想到了那些同样在北风里瑟瑟发抖的同伴，还是赶紧下去挖草根要紧。

德克仰起脸，留恋地瞅了瞅树顶。

这棵一定是格格森林里最为高大的大树了，下次一定要带大家来，爬得更高一些，一定要爬到树顶，那儿离太阳毕竟近些，说不定可以抵抗树下的寒冷……

德克想着，正打算低头滑下树干，却突然感觉，被什么东西阻碍了一下视线。

于是，德克再次仰起脸。

德克就发现在自己的正上方，在阳光照耀的那个光溜溜的枝桠中，有一团拳头大的黑影。那黑影离德克的头顶并不遥远，德克只是往上爬移了三两步，就看得清清楚楚。

那其实，是一团断掉的彩色树枝，所有的树枝，都被紧紧插在一起，插成了一个密不透风的粗碗。

在那个彩色树枝插成的粗碗里，静静地，躺着一枚拇指大小，灰不溜秋的圆圆的石子。

这个画面，在德克的脑海里，深刻地印烙了一辈子。

虽然，多年以后，德克每次对着一只小鸟，描述这个画面时，对方都会严肃地纠正："那不是碗，那叫鸟窝。里面也不是什么圆石子，那叫鸟蛋。"

但德克依然坚持："在那个彩色树枝插成的碗里，静静地，躺着一枚拇指大小，灰不溜秋的圆圆的石子。"

德克喜欢这样浪漫的描述。

德克讨厌把如此浪漫的画面，描述成鸟窝和鸟蛋。

虽然，被德克小心翼翼地揣在怀里，带回石洞，并装进温暖的空酒囊里的，确实是一团鸟窝和一枚鸟蛋。因为过不了几天，破壳的"圆石子"，就会变成一只肉乎乎的小鸟雏。

但德克依然不会把当初浪漫的画面，描述成是一团鸟窝和一枚鸟蛋。

2

德克怀里揣着"粗碗"和"石子"，双手捧满了草根，一路小跑，返回恐龙们居住的栗子树下。

居住地里竟然瞧不到半个人影。

德克又蹿到湖边，依然没人。

围着王子湖转了一圈，没人。

德克每走出百米，就放开嗓子大吼一声，直到吼得口干舌燥，灌了一肚子的雪水，整片森林，却像睡着了一样，悄无声息。

天渐渐黑了起来，德克也疲劳到了极点，勉强嚼了几口树根，把怀里的鸟窝，抱得更紧了一些。

气温越来越低了。

德克回到假山下的乌鸦洞时，天已经完全黑了下来。

夜里的风也更加凌冽，像些刀子。很多光秃秃的枝条，被吹得嗖嗖作响，像在磨刀子。

德克身怀通灵本事，并感觉不到多么强烈的饥饿和寒冷。只见他把剩余的草根放在祈令石上，再从怀里把那团树枝搭成的碗和一粒石子轻轻端出来。

德克把它们装进一个空瘪多日的皮囊里。

德克感觉这粒石子并不是一枚普通的石子，它应该是有生命的，是鲜活的。

德克甚至感受到了它的体温。

风声更大了些，寒流也更加汹涌。德克又仿佛感受到，那粒有温度的石子，在有节奏地颤抖，德克干脆连皮囊一起裹进自己的怀里，沉沉睡去。

不知睡了多久，德克梦到被一支羽毛轻轻挠着，痒得难受。德克睁开一缝眼睛，原来是一只插满羽毛的翅膀。扰了自己睡意的白色羽毛虽然可恶，但毕竟是些柔软的东西，在这寒冷的石洞里，温暖得令人留恋。

等德克把眼睛完全睁开，就看到了一只白色的大鸟。

德克首先想到的是，怀里的那枚石子，这只白色大鸟，一定是冲着这枚石子来的。德克又不傻钝，他又何尝不知道这是一枚鸟蛋。

德克下意识地把胳膊夹了夹，确定怀里的皮囊还在。

"您是……"德克竟毫无缘由地感到了理亏，语气上首先就落了下风。

"小子，这就不认识我了？"大白鸟像个老熟人一样搭腔。

德克揉了揉眼睛："您，到底是……"

白鸟在一堆空酒囊里一个个地挑着，晃晃，再往嘴巴里倒倒，然后徒劳无功地吧唧吧唧嘴唇。"你们这些徒弟真是忘恩负义，为师换了副皮囊就不认得了。"

德克越听越蒙，心想这只大鸟一定是喝多了，自己的师父是条地地道道的大蟒蛇，却怎么会冒出一个，浑身长满羽毛的扁嘴家伙来。

再说，师父的法术是乌鸦令，只是会些预言、读心之类的能耐，又不会七十二变。

"你说……你是我师父？"德克斜着眼睛，并没有多少戒备。

这家伙再能耍花招，毕竟体形不及自己的一条手臂，即便动起粗来，也不足为惧。

白鸟停下手中的忙活，很认真地盯着德克的眼睛："你小子是想要我，证明一下自己的身份吧？好，你听好了，先说说你的秘密，你是两年前，所有恐龙蛋里，唯一孵化出的一只恐龙，因为你的蛋壳上，有以德克坚四个字，所以取名德克，又因为无人认领，所以由我这个乌鸦大师抚养长大，而且老夫一直想把自己的通灵法术，传钵于你。但你现在并没有完全掌握《乌鸦令辞》的技巧，你太嫩了。为师说得对不对？"

德克何等聪明，并不为其所动。刚才大白鸟啰嗦的那一通所谓的秘密，在格格森林里，能够听懂恐龙话的，都了如指掌，可谓家喻户晓。

德克捡起一截草根，衔在嘴里，眼睛眨也不眨，干瞪着对方。

"你到底是谁？来干什么？我的族人呢？"德克想到，平空消失的蟒蛇大师和恐龙居民，面前的不速之客，又如此高深莫测，语气里开始带着警惕，"你把他们怎么了？"。

问到最后，德克嘴里的草根，已经连同牙根，被咬得吱吱作响。

"我是一只乞讨的白鹅，我来贵地避难，你的族人们迁徙了，满意了吗？"白鹅把两扇翅膀一摊，露出一副生无可恋的表情。

白鹅说完，气呼呼地卧在地板上，把鹅头往翅膀底下一埋，就要睡去。

德克怀里的石子又在擅抖。

恐龙的胸口并没有多少温度，德克忽然想到了眼前毛茸茸的白鹅。"嗯……先生，您能不能帮个……小忙。"

"唔……唔？干什么？"白鹅呜呜啦啦地回应。

"我们格格森林里，每年都有需要孵化的蛋，但是今年又特别冷，我这儿正有一枚蛋，您看，您一身的羽毛，能不能帮忙给……孵一下？"

大白鹅仿佛受到了莫大的耻辱，鹅头很迅速地抽了出来，高高地扬起，嘴巴抖得像个电动簸箕："我堂堂一位乌鸦大师，你竟然让我孵蛋，你看我哪里像只老母鸡啊？"

"不不，您别误会……"德克连忙解释，"您永远是一只鹅，一只高贵的鹅。"德克狠狠地把嘴里的草根吞掉，"如果您真是一位乌鸦大师，那更是责无旁贷啊，守护恐龙一族，可是乌鸦大师的使命呐。无论您口吐乌鸦令，还是帮恐龙孵蛋，工作又

不分贵贱，都是为了恐龙族民服务嘛。"

大白鹅看上去有些恼羞，竟抬起掌蹼，直直地抓了过来。

德克却并未躲闪，迅速从酒囊里取出那枚孤卵，就势塞进了那只逼近的红掌心。

大白鹅迟疑了片刻，总归没有拒绝，反掌接住鸟蛋，伸进了自己的翅膀里，又埋头沉睡起来。

德克微微一笑，也是眼皮一沉，入了梦乡。

3

德克再次被吵醒，竟是一阵脆生生的鸟叫。

德克张眼望去，那实在称不上是一只鸟。小东西一根完备的羽毛都没有，光溜着身体，在大白鹅一双翅膀上翻滚。

白鹅正在拿草根嚼碎了，一口一口地喂她，像个称职的妈妈。

"这不是恐龙，是一只鸟。""山寨妈妈"对着刚刚苏醒的德克，小声断言，"我们就叫她乌鸦吧，她是个小姑娘。"

德克睁大眼睛，往前凑了凑："只是像只鸟而已，也可能是只鹦鹉龙吧？多像一只鹦鹉龙啊。"

德克一直很怀念那位憨态可亲的嗓门大娘。

白鹅拿左右翅膀来回翻动着："恐龙哪有这样的鸟爪子，还有像我一样的翅膀，还有角质的鸟喙，还有肥嘟嘟的尾巴。别看了，这确实是一只小鸟。"

"但是……没有像您一样的羽毛啊。"德克的大长脸，几乎贴在了那所谓的鸟爪子、鸟翅膀、鸟喙和肥嘟嘟的鸟尾巴上。

这格格森林不是向来只孵化恐龙吗？

怎么有了一只自称乌鸦大师的白鹅后，又孵化出了一只来路不明的小鸟，还要直接起个名字叫乌鸦。

恐龙真得要灭绝了吗？

德克又回忆起，蟒蛇大师最后吐出口的那句乌鸦令，便禁不住嘟囔了一句：恐龙灭绝。

白鹅听后却浑身一抖，仿佛被针扎了一样。

白鹅的内心，又何止被针扎而已，简直是万箭穿刺。

恐龙灭绝，身为恐龙的守护者，身为乌鸦大师，那份失职后的内疚和无助，正如炭火般，在他的心中炙烤。"我可以丢却这一身皮囊，我可以不见天日，我甚至可以失去生命，但是，你要信守诺言，确保恐龙一脉永不灭绝！"

想到这儿，白鹅不知不觉狂笑了一声，却已经流下泪来。

四、迷失的白鹅

1

那天，蟒蛇被白鹅说动，号召所有的恐龙们，深入到格格森林，进行挖地冬眠。

"师父，所有的恐龙已经封存于地下，暂时摆脱了险境。"白鹅帮着蟒蛇埋掉最后一捧土，语气一转，"徒弟帮了您，但您也要帮徒弟一回啊。"

大蟒蛇有些疲劳，就地蜷作一团，瞪着白鹅，心不在焉地听他说。

原来，白鹅在外游历的时候，并非无所事事。

白鹅最大的收获，就是在沙漠中，寻到了一处叫作清潮的蛇区。它与塘潮蛙区一样，都是沙漠中的小绿洲，而且两个小区隔山相居，不足十里，只是塘潮以蛙类居多，清潮就全是蛇类。说来奇怪，虽然蛇与青蛙属于天敌，而这两处绿洲，在历史上却并未发生过恶斗，井水不犯河水，千百年来一片静好。

白鹅说完青蛙和蛇，就信手从怀里掏出一张巴掌大小的薄皮子，小心展开。

蟒蛇一瞅，上面满是蝇头小字，正中部位，却又画了一只特别大的眼睛。

没等蟒蛇疑问，就听白鹅说到："师父，这就是我从清潮蛇区那儿，偶然得到的大漠地图，您看。"蟒蛇顺着白鹅的翅尖，仔细端详着那只眼睛，"这最外围的一圈，就是王子湖外域的沙漠，里面的小圈圈，就是我们的王子湖，小圈里面的方框，就是我们的大立方洲，方框里影影绰绰的，就是格格森林了。"

原来，这天下之大，除了王子湖环起的绿地，其他竟大部分是一片黄沙。

蟒蛇觉得这幅地图的眼睛部分，实是过于简化，意义也不大，就用力去辨认那些小字。那些密密麻麻的小字，详尽标注的，却是生活在沙漠中的一堆琐碎的村子，多如繁星。

"师父，您想想，大漠地图上，为什么要有咱大立方洲的标注？您再看看，他们能居住的绿洲，可是人满为患了，倒显得咱的大立方洲像块肥肉一样，您说，那些家伙能够忍住自己的贪婪吗？他们迟早会打咱大立方洲的坏主意。"白鹅一副忧国忧民的样子，语气里充斥着悲愤，眼睛里满是苍夷。

老蟒蛇慢慢扬起头，望着雪峰山曾经矗立过的地方。

"小鹅，当初你的乌鸦令预言到雪峰山会崩塌，可曾想过那雪峰山为什么要崩塌？"老蟒蛇淡淡地问，像在问一个无关紧要的问题。

白鹅并没有回答，雪峰山已经没了，这个问题也的确是无关紧要了。

蟒蛇就继续说："雪峰山在这儿消失了，就一定会在其他的地方出现。这座山是活的，这座山是供养这天底下万物苍生的灵山，它不会平白无顾地消失，我就想知道，在你做乌鸦大师的时候，到底发生了什么，让这座神山抛弃了大立方洲，抛弃了格格森林，抛弃了恐龙。一定发生了什么。"

白鹅用力抹了一把脸，抿着一张扁嘴，沉默了很久。

蟒蛇就耐心地收回目光，直勾勾地逼视着自己这位不争气的弃徒。

"天要塌了。"白鹅倒像是在说一些梦话，咿咿呀呀，杂乱无章，"我感觉天要塌了，大地被冰封，森林烧尽，天上的星星们不停地掉落，落进湖里，落进沙漠里，落在我们的身上，天要塌了……天空诅咒这片土地……黄梁树在哀求……筷子做成了刑具……口水做了帮凶……火在哄笑……泪水被点燃……那些流动的灰烬……"

说到最后，白鹅竟像遇到了鬼魅一样，眼睛里透着惊恐。

蟒蛇却不意外，为了弄清当初的原委，他只能动用乌鸦大师的摄魂法力，探入白鹅内心深处，令他说出真相。

过了一会，白鹅终于不再抵制，说话也有了些条理。"我知道，消失的雪峰山，一定会在其他的地方出现，所以，我才毅然离开大立方洲，遍访天下，搜寻神山。我们乌鸦大师就应该依神山而居，这总没错吧？再说，神山都不保佑恐龙，恐龙一定灭绝无疑，这些生死存亡的天意，哪是我们小小的乌鸦大师能够改变的？"

"那你找到了吗？我们的雪峰山，它去哪儿了？"

白鹅的神智受蟒蛇控制，自然私藏不下秘密。

"在沙漠里，只有两座小山，可能是我们雪峰山的雏形，一是那座叫鹰崖的高耸峭壁，另一座就是隔开塘潮蛙区和清潮蛇区的松山。松山就低矮平缓得多了，又因蕴含着大量硫磺总被炸来炸去，已没剩多少山体。只是时间太短，这两座山都没有形成雪峰山特有的冰帽，也没有水源流下……"

白鹅越过王子湖后，的确先朝着鹰崖方向飞去。

白鹅想先去找到那儿的秃鹫大个儿，大个儿在很小的时候，他们就认识，当时两个小伙伴在格格森林里一见如故，很快就像亲兄弟一般形影不离。他们天天在树权子上翻跟头，在崖头上试飞，寻找最鲜嫩的树叶和青草，他们无话不谈。那段时光，他们感觉，这个世界上只要有朋友就足够了。

其他所有人，都是无聊和多余的，包括从没见过的家人。

2

"在很长的时间里，我并没有到达鹰崖。"

白鹅目光呆滞，有一搭没一搭地回忆。

"我离开王子湖后，身上的通灵法术就彻底消失了。飞到松山时饥渴难耐，就想到松树下寻点松子吃，却中了蛇毒。那些家伙真是卑鄙，那些不道德的毒蛇。"

沙漠毒蛇的捕食方法，蟒蛇并不陌生，他们的确会在一些果子上动手脚，让饥不择食的猎物们中招。

这倒与品行高低无关，在环境恶劣的荒漠里，活着才是最重要的，为了保命，个个无所不用其极，谈论道德，反倒是一件不靠谱的事情。

白鹅最大的幸运，是自己长着一双翅膀。

在毒蛇眼里，只要会飞的，看起来都特别像鹰，至少是鹰的近亲。而且在这片大漠里，胆子再大的蛇，也不敢去招惹住在鹰崖上的老鹰，哪怕只是个远亲。

当时，眼瞅着白鹅被毒得晕头转向，神智尽失，清潮的蛇王，吓得魂都丢了大半，赶紧收集全区的草药，为白鹅解毒。

好在白鹅吃的毒饵不多，加上抢救及时，没过几个时辰，竟然恢复了七八成。

蛇王哪敢怠慢，接下来天天好吃好喝伺候着，一心想把这位尊贵的客人养壮实了，消除当初的恨意，千万别再生出事端。

其实，白鹅这边对中毒事件早就没了印象，只认为是自己饿昏了头，并没把当时的危险怪罪到毒蛇身上。

白鹅反倒因为莫名其妙受到的礼遇，而对这群毒蛇，生出了一肚子的感激。

当然，造成如此大的误会，很大原因，是他们的语言不通。

沙漠里的冷血动物，有自己独特的一套语言体系，况且蛇类在打手语方面，又有着天生的短板。白鹅与他们哪怕最简单的交流，都得靠着一对翅膀和一条蛇尾巴比划半天。

如此时间一长，这只大白鹅继续在蛇群里养尊处优，就显得特别费劲。

产生这种感觉的首先是蛇王。

这天一早，蛇王就悄咪咪地钻进白鹅屋里，先是点头摇尾巴地"聊"了会家常，又很隐晦地问了对方理想的去向。

一听白鹅提到了"鹰崖"二字，蛇王几乎同时把手里的一卷薄皮地图贡献了出来。这次蛇王真是下了血本，这份大漠地图，原本是蛇区的至宝之物，向来由蛇王们代代相传，只要手握此图，便可号令群蛇。

蛇王想必是下了十二分的决心，今天一定要把这尊大神请走。

白鹅抓过地图，懒洋洋地揣在怀里。

去鹰崖的路，白鹅闭着眼睛都能飞过去，但这地图既然是蛇王相赠，定然有些份量，收下也不吃亏。直到蛇王打开房门，做了个送客的动作，白鹅才知道，原来地图是人家送客的随手礼啊。

白鹅毕竟不是个死乞白赖的俗人，弄明白蛇王的心意，也没犹豫，把白羽翅一拱，道了声谢，就起身飞离了清潮蛇区，直奔鹰崖而去。

3

白鹅一路无阻，飞至鹰崖崖头，放眼望去，却看不见一只秃鹫的身影。

　　白鹅辨认了一下方向，再掏出蛇王的大漠地图对照了一遍，确认这是鹰崖无误。

　　鹰崖上的秃鹫一族，向来是这片沙漠里，最为彪悍和排场的家族。白鹅记得大个儿说过，平日里甭说来访，就是经过鹰崖的都需要层层禀报，率先得到鹰王许可才能放行。

　　鹰崖从来都是雄兵列阵、旌旗飘飘的，如今竟变得荒无人烟，必是出了什么变故。

　　白鹅想了半天，左右考虑不出更加合适的去处，不如就把鹰崖收拾收拾，暂且住下。鹰崖上多得是山洞、草窝，白鹅也没费多大力气，清理出一处宽敞的居室。

　　"就这样，我在鹰崖住了一年多的时间，飞遍了各个绿洲村落，实在没有寻到失踪的雪峰山，加上担心格格森林的老朋友，这才又飞了回来。"

　　白鹅一口气把自己两年多的去向，交待了个底朝天。

　　老蟒蛇并不怀疑这个逆徒的坦白，毕竟现在，白鹅的心智完全受自己所控，应该没什么出入。

　　想想这小子当初逃离格格森林，也算事出有因，老蟒蛇不禁软下心来，口中默念咒语，就要从垂头丧气的白鹅体内收回心神。

　　恰在这时，老蟒蛇却突然眉头一紧。

　　白鹅竟慢慢抬起头来，眼睛里满是诡异的冷笑："师父如果喜欢徒弟的这副干净皮囊，徒弟送给师父就是。"

　　蟒蛇感觉不好，又把咒语加重后念了几遍，依然无济于事。

蟒蛇感觉，自己的意识，正被那只白鹅一点一点吸收过去！

不出片刻，蟒蛇的身体，竟软嗒嗒地瘫在原地。

又过了瞬间，那软掉的身子，竟忽地窜了起来。蛇头高高地仰起，嘴巴里发着雷鸣般的狂笑。

原来，那幅画着一只大眼睛的地图，竟有摄魂幻象的魔力。

历尽九死一生，白鹅终于达成所愿，与自己的师父，现任的乌鸦大师，一条伟岸的蟒蛇，互换了身体。

"师父，别挣扎了，您的身体连同您的法术，徒弟全部继承了，徒弟虽然不才，那副皮囊，却是带着厚厚的羽毛的，就算没了乌鸦大师的法术护体，那身鹅毛也会保您温暖一冬。"

白鹅，哦，是当下的白鹅，待当下的蟒蛇夹杂着狂笑的话音落定，这才虚弱地问了一句："为何……"

乌鸦大师实在太虚弱了，压根多说不出一个字。

"也没什么，"蟒蛇美美地欣赏着自己的躯体，"徒儿就是想借您的身子一用，去大漠中闯一番事业。"

白鹅已感体力不支，半卧在冰冷的雪地上，声如蚊蝇："无论哪个乌鸦大师的身躯，一旦离开王子湖，通灵法力会尽失……"

"当我知道那张大漠地图是蛇王的圣物，可以号令群蛇，徒儿就有了一个小小的想法。"蟒蛇突然把脸逼近白鹅，"您说，如果我当了蛇王，再带领那群毒蛇，把周围的村寨全部拿下，做个大漠之主，岂不比混在恐龙堆里装神弄鬼来得强。啊哈哈哈哈！"

白鹅凄然苦笑一下，只怪自己过于大意了。

"可惜……我的身体你用不了，"乌鸦大师显然抱了同归于尽的决心，"我从先师手中继承《乌鸦令辞》那一刻起……就对自己下了死咒，此生若离开王子湖，必粉身碎骨……"

这倒出乎意外，蟒蛇终于从亢奋中沉寂了下来。

但也就在转眼间，蟒蛇又是一声冷笑。

乌鸦大师彻底绝望了。

首先是对自己绝望，竟然收了如此恶毒的一个孽徒，自己纵然粉身碎骨，也不解对自己的失查之恨。但更绝望的是刚才蛇嘴里吐出的毒计，原来，这家伙提议，把所有恐龙埋进地下进行冬眠，就是为了让大家变为他的人质。此刻，如果乌鸦大师不答应自我解除毒咒，那所有沉睡的恐龙，都会成为这个孽徒手下的冤魂。

白鹅双目微闭，收起双翅，口中念念有词，一丝黑烟竟从蟒蛇头顶缓缓散去。

蟒蛇知道已达成所愿，便收好地图要就此别过。

刚刚游走几步，蟒蛇却又折返回来。"徒儿知道，我一旦离开王子湖，体内的通灵法术便会消失，而您老的法术会渐渐恢复，徒儿不得不防，只好先下一咒。"

乌鸦大师所下的毒咒，只有本人能解，这点蟒蛇心知肚明，"我咒这具白鹅躯体，余生不能再浴阳光。师父，你还是在乌鸦洞里安度晚年吧。否则……"蟒蛇环顾了一下四周，"否则，就让这片大洲沉沦，森林覆灭，湖水干竭……"

"行了行了，老夫也无颜再见天日，毕生在乌鸦洞里面壁悔过就是了。"

乌鸦大师长舒一口晦气，并不觉这是给自己的惩罚，倒像得了解脱。

蟒蛇这才又狂笑一声，扬长而去。

五、王子湖面的冰川

1

　　小恐龙德克并不知道发生的这一切。

　　德克不知道，自己面对的白鹅，是哪儿冒出来的，更想不到，这正是自己敬重有加的蟒蛇师父，德克只以为这是个迷了路的过客，神智不清。只是看不出对方的敌意，相处时的言语之间，才算客气。

　　直到后来，这只白鹅竟然用自己的羽毛，帮格格森林成功孵化了一只弃卵。

　　虽然孵出的是一只小鸟，并不是恐龙，但德克依然对他感激不尽。至少这只白鹅是善良的，又那么热心，所以白鹅接下来不着边际的言语和表情，德克并不介意。

　　包括白鹅说自己是一届神圣的乌鸦大师。

　　包括白鹅的喜怒无常，还有他毫无征兆的狂笑和大哭。

　　德克甚至感觉，这只上了年纪的白鹅特别有趣。好像所有动物上了年纪都会有趣，德克又怀念起那只喜欢说话的鹦鹉龙，那个有趣的嗓门大娘。

但这个看上去疯疯癫癫的老顽童，却是有原则的，他从不踏出乌鸦洞半步。

"你要饿死自己不成？"德克牵着小乌鸦的翅尖，在洞口处教她学迈步，不时扭头看一眼白鹅，希望他一起出去晒晒太阳。

白鹅平常不作怪的时候，就会对着墙壁发呆，不吃不喝。

"虽然外面天寒地冻的，但总可以找到一些地下的草根，您不出去啃几口填填肚子，真把自己当作乌鸦大师了？"德克不停地怂恿这只白鹅。

德克知道，自己只要按照蟒蛇师父教的《乌鸦令辞》，坚持修炼，一定会成为格格森林的通灵者，自己倒的确可以无衣自暖，无食自饱。

但是这只老白鹅，十有八九是个精神有问题的凡夫俗子，而且肚子是骗不了人的，不吃东西真的会饿死。

德克见老白鹅油盐不进，有时也从喂小乌鸦的嫩草根里抓起一把，往白鹅嘴里塞，但这个倔强的老头子，倒像在赌气一般，死活不张嘴，搞得德克哭笑不得。

白鹅也有捱不住的时候，就会从一堆空酒囊里捏残酒喝。

那些空空的酒囊里，好像永远有捏不完的残酒。

2

接下去的很长一段时间里，乌鸦洞里的三个居民各司其职，倒也融洽。

德克每天的工作，就是去更远处挖掘尽量嫩一点的草根。小乌鸦的食量越来越大，早已健步如飞，每天除了嚼草根，就是缠着白鹅爷爷学说话。老白鹅依然会拿大部分时间去面壁思过，偶尔照看一下孩子，或者捏捏空酒囊。

那些空空的酒囊里，永远有白鹅捏不完的残酒，这个……很诡异地变成了事实。

天气越来越冷。

这天，德克不知不觉穿过了整片格格森林。森林的每一个角落，都被他翻了一遍，德克知道，如果冬天再不结束，自己可能再也寻不到一条草根了。

德克穿过格格森林，就站在了寒风凛冽的王子湖边。

王子湖三个月前就开始结冰，冰水线离湖岸越来越远。时至今日，德克的眼前，只是冰莹莹、白茫茫的一片，哪里还瞧得见一丝曾经荡漾如鳞的波纹。

王子湖怕是被彻底冰封了。

"哇！真的有恐龙啊。"德克被头顶的惊叫声吓了一跳，迅速跳出几米。

德克回头怒视过去。

光溜溜的树杈子上，正蹲着一只耗子模样的家伙，也就是巴掌大小。德克知道，天下的鼠辈都一个德性，从来出落不成什么好东西。

德克瞅了瞅周围，却没发现其他人影，料想这小子没带帮凶。

"谁敢私自闯进我格格森林撒野！"德克稳住身形，嘴巴上就不再客气。

小老鼠倒是识实务，又往高处爬了几步，做足了随时逃跑的准备，脸上堆满了笑："这位恐龙大哥，我沿着冰面来到贵地，只是出于好奇，传说这儿存活着大量的恐龙，所以来拜会一下，兄弟我真没啥恶意啊。"

老鼠说着，又爬了两步。

可惜高处的寒风太大，小耗子直被吹得皮毛乱翻，四肢发抖。

德克看在眼里，并不急着上树去逮他，自己的通灵法术已到境界，即便与陌生外族的语言交流，也是畅通无阻。

"大立方洲属于漠外圣地，王子湖更是上古圣潭，我们恐龙先祖，曾与沙漠旧主立下重誓，大家互不侵犯，否则便落个粉身碎骨。千百年来，无一禽一兽敢违，你擅自闯了进来，还玷污了圣洁的王子湖，阁下是打算，从树梢上摔下来自行了断，还是等我捉到你，撕个稀巴烂呢？"

当年，蟒蛇老师口授给德克的这些传统规矩，此时被罗列得有理有据，至少让德克感觉，在气势上不输此贼。

耗子抬头瞅瞅。

头顶上净是些牙签粗细的树梢，再往上爬，估计离自行了断也不远了。但跳下去，也十有八九逃不脱这只恐龙的魔掌，结局差不了多少。

小老鼠想来想去，还是继续打打感情牌，或许能有一线生机。

"这个……大哥。"耗子几乎把整张小脸都堆满了褶子，嘴角一直咧到了耳根，再用最动人的语气讨好着，"其实吧，小弟平生最崇拜的英雄，就是恐龙。这次冒昧来访，也是日思夜想，哪怕豁上性命，也要圆了自己的追星梦，来一睹偶像的风采。"

德克久居孤寒之地，实在没防备这天底下竟然有如此肉麻的奉承，便不急不躁地抱起胳膊，似笑非笑地鼓励小老鼠："嗯，动听！继续，说下去……"

"我可不是坏人。"小耗子急于表白，脑筋一转，终于抓到了要点，"别看我长得像一只老鼠，却与那群品德恶劣的耗子差别很大。我叫鼹鼠，会挖沙子的那种。"

这只自称鼹鼠的家伙，冒着危险，用两只颤抖的后脚抓住树干，前爪做出了游泳的动作："我们鼹鼠长年生活在地下，嘿嘿，人畜无害。"

鼹鼠？

德克倒是头一次听说，书本上没见过，师父也没有提过。

沙漠里还有一种叫作鼹鼠的动物？

至于是不是生活在地下，或者对人畜有没有害，德克更是不得而知。

"鼹鼠……听起来跟老鼠差别不大嘛，而且看起来都是贼眉鼠眼的，也没什么不一样啊。"德克不高不低地嘟囔，一字不漏地被寒风送进了鼹鼠的两只耳朵里。

鼹鼠原本打算团起身子避避风口，一听到德克把自己往耗子堆里归拢，仿佛受了莫大的委屈，竟然顾不得低温和致命的危险，几步蹿到与德克齐眉的树枝位置。

小家伙甚至对着恐龙，尖起嗓子大声喊道："鼹鼠与老鼠是仇家，不共戴天，怎么会不一样，他们就是一群邪恶的败类！"

这气势倒把一只恐龙吓退了半步。

只是过了片刻，德克就由衷地微笑了起来，带着开心。

3

德克把鼹鼠领进乌鸦洞时，老白鹅正在忙着面壁，头都没回。

小乌鸦刚刚睡饱，看到久违的德克哥哥，就欢快地迎了上来。再一瞅到浑身油黑的鼹鼠，却不自觉后退了几步，一扭身子钻进白鹅的羽毛里，只露出半颗脑袋，向外张望。

德克把为数不多的草根靠墙堆好，取了一根最鲜嫩的伸手喂给乌鸦嘴，这才扬声对着白鹅的后背，打了声招呼："先生，刚才在湖边，我遇到了一位鼹鼠……"

白鹅依然没有回头，只是嗡声嗡气地打断德克："小鼹鼠，你不知道私自踏进大立方洲会送命吗？你欺负格格森林的恐龙都是吃素的是吧？"

鼹鼠抬头瞅了瞅德克，可能白鹅的一身白色羽毛没什么煞气，那些恫吓便打了折扣。

鼹鼠往前轻迈一步，施了个拱礼："先生大爱，方才在路

上，就听德克哥说起，先生对这方圣地恩重如山，不亚于历届的
乌鸦大师……"

鼹鼠话音未落，就感觉眼前白影一闪，自己瞬间便离地而
起，飞了出去。

若不是德克手疾眼快，起身接住，估计小鼹鼠早已重重摔在
石壁上血溅当场了。

鼹鼠这才大惊，直吓得魂飞魄散，乖乖趴在地上，大气不敢
再出一声。

倒是德克疑惑起来，一直温顺的白鹅，为何会如此暴戾，突
然对一只小动物下此毒手呢？"先生，刚才……鼹鼠……没什么
不周全的地方吧……"

白鹅并没有急着回答骨冠龙的疑问，只是把翅膀底下的小乌
鸦托到石桌上，捡起掉落的草根，重新塞进乌鸦嘴里，这才面向
惊魂未定的小鼹鼠。

"我问你，你为什么要欺骗德克？为什么要说谎？"白鹅毕
竟是心思通灵的乌鸦大师，鼹鼠自踏上大立方洲那一刻，他的一
言一行，一意一念，都逃不过白鹅的炯炯法眼。"你与老鼠真的
是不共戴天的仇家吗？你来这儿真的是仰慕恐龙吗？"

再瞧那只鼹鼠，明显做贼心虚，低着脑袋一言不发。

德克就有点气不打一处来，自己平生最容不得别人的欺骗。

德克赶紧离开他半步，低声问道："你真的是个骗子？"

"我……"小鼹鼠迅速翻了翻眼皮，又迅速低下头去，再抬
起头时，脸上竟然流满了泪水，"我是个骗子，我与那群害人的

耗子不是仇人，倒是近亲。我来这儿也不是好奇，我是来寻找可以让人起死回生的法术。"

说到这儿，鼹鼠早已经泣不成声。

德克从没见过有人在自己面前如此伤感，倒是有些手足无措。

白鹅不为所动，却也消了动手的念头，一边从空酒囊里捏酒，嘴巴插着空间道："当年，那臭名昭著的耗子王，强娶了你的亲姑姑，你那老姑夫近来可好？"

小鼹鼠暂且停了抽泣，应了声："应该还活着。"沉默了片刻，又追加了一句，"我们鼹族虽与鼠王有联姻，但平常很少走动。他们口碑不好，父王不允许我们走得太近。"

"父王？"这倒出乎德克的意料，"你是个小王子？"

"这位是沙漠鼹鼠王国最小的王子，也是未来鼹鼠王国的小储君，是要接他老爹班的。"老白鹅一只一只地晃着空酒囊，目不斜视，嘴里却滔滔不绝，"这小子跑到这里来，是为了他中毒而亡的母后。"

德克突然坚信，这位无所不知的白鹅，应该是一位乌鸦大师无疑，除非身怀通灵绝技，谁能身陷困境，却有如此通天彻地的遥知本领。

小鼹鼠听到这儿，扑通跪了下去，叩头便拜："求神仙救我母后！我宁愿不当什么国王，我只愿自己的母后活过来啊，求您了……"

白鹅停下手中的酒囊，只顾得去安抚再次受了惊吓的小乌鸦，却任由小鼹鼠趴在地上呼天喊地。

德克既沉浸在找到乌鸦大师的窃喜中，又对这位哭到死去活来的大孝子束手无策，对于先前小鼹鼠的撒谎行径，早已抛到了九霄云外。

"这个……小兄弟，你先节哀，"德克上前半步，轻轻拍了拍鼹鼠剧烈起伏的小肩膀，"这个，复活嘛，毕竟是个技术活儿，咱从长计议，好不好？"

鼹鼠小王子又追悼了半晌，估计也是饿得不行了，缓缓直起身子，接过小乌鸦递过来的一把草根，慢慢送进嘴里。

"师父，"德克利用这段时间，反复回忆着老白鹅的言行举止，确认他正是自己的师父无疑。白鹅听见这小子终于认可了自己的身份，虽无惊喜，但目光中瞬间流露出的欣慰和慈爱，更加深了德克的推断。"师父，是徒儿有眼无珠，慢待了师父。"话到这儿，德克不禁悲从心来，鼻子一酸，双眼的热泪就要夺眶而出。

就在这一刻，白鹅却高声狂吼："不许哭！你敢落下一滴泪，就给我滚出去。"

白鹅的怒气突如其来，现场所有的人都被吓得呆若木鸡。

鼹鼠和乌鸦只是抖落了嘴里的草根。德克却差点连眼珠子都给惊掉了，哪里还敢再要半点儿温情，赶紧眨巴眨巴眼睛，把先前的泪花给吞了回去。

白鹅这才如释重负，仿佛经历了一场多么大的风险。

六、一只鼹鼠

1

白鹅的确是眼下的乌鸦大师。

听着师父不停地讲着自己儿时的一件件糗事，德克越发高兴得不得了。小乌鸦也时不时地哈哈大笑，只有小鼹鼠实在开心不起来。万能的乌鸦大师，并不会复活术。

通灵的乌鸦令，连一棵枯草也救不活。

德克听见鼹鼠的叹气，就缠着白鹅，讲一些与鼹鼠有关的预言。

比如，怎么就知道小鼹鼠未来会做到鼹鼠王国的国王，连小鼹鼠自己都说，这种希望特别渺茫。兄弟之中，自己年龄最小不说，能力也最差，还生了异相，鼹鼠本应该是全身油黑，没有一根杂毛的，自己却在头顶上生了一小撮白毛。

"那简直像在一件油亮的裘衣上，吐了一口痰。"小鼹鼠颓废地说。

"那可不是痰。"白鹅对着三个小家伙微微一笑，目光最终停留在鼹鼠的脑门上，"那是鼹王国储君特有的印记，王冠印记。"

小乌鸦仰起嘴巴："白鹅先生，我也要王冠印记。"

"好。"白鹅用翅尖点了一下小妮子的鼻梁，便缓缓坐在地上，讲起了与通灵法术相关的神秘传说，也算给了鼹鼠王子一个交待。

原来，这格格森林里的确有一种可以令人复活的通灵法术，叫作泪王子。还有一种可以让生命静止的通灵法术，叫作龙立方。加上目前流行的预言法术乌鸦令，这块古老的土地上，曾经流传过三种通灵法术。但是，每一位乌鸦大师只能从先师那儿传授其一，所以不知何时起，三类法术只传承下了乌鸦令一脉。

相传，当年恐龙主宰天下，忽逢连年大旱，以至生灵涂炭，万物皆埋于风尘，世间沙漠遍布，荒无人烟。就在恐龙一族生死存亡之际，突然天降神龟。神龟自取一目，掷于黄沙之中，那龟目竟渐渐变大，拓开风沙，眼白变成了湖泊，黑眸变成了洲土，瞳孔变成了森林，残存的恐龙纷纷涉水及洲，入林食宿，这才保全了性命。

那独目神龟就地一卧，又化作一座白头的雪峰山，山底自生一洞，洞中石壁上曾显过铭文，不久即逝。铭文经过历代乌鸦大师口口相传，虽有出入，但意义不改。师训有曰：恐龙劫数已尽，神龟悲悯，身化栖地，心化三术，但保无虞；一术乌鸦令，预言未来；二术泪王子，复活过去；三术龙立方，封存现在；恐龙传人不得贪荤，不得落泪，不得为祸，否则三术尽废。

不得落泪？噢，怪不得，白鹅对德克的眼泪如此上心。

德克听到此处，口中念念有词，这师训竟复述得一字不差，仿佛早已牢记于心，天生与之相熟一般。

那白鹅大师，见弟子如此聪慧好学，会心欢喜，正颔首微笑，却突然神情一懔，口吐乌鸦令，声音低沉而急促："王子湖，怕是要有强敌来犯了。"

小鼹鼠耳灵，听闻大师预言，瞬间跳上德克肩膀。

骨冠龙又何等敏捷，不及鼹鼠立稳，便疾速蹿向了王子湖边。

2

几日未见，王子湖边已是一片极地景象，冰封千里，万物萧条。

德克伫立在王子湖岸，望着眼前白茫茫的一片，不由悲从心来："这个冬天，怎么会寒冷到了如此地步。"

声音虽小，近在头顶的鼹鼠却听个真切。鼹鼠虽然没有见过如此浩瀚的冰面，但沙漠里的冬季并不比大立方洲上暖和多少。心说，冬天原本就是寒冷的呀，只是恐龙们久住在大立方洲，又有格格森林的庇佑，自然冬暖夏凉，四季如春，没机会经历这般苦寒。

"其实天下的严寒酷暑，是最平常不过的事情。"

鼹鼠脱口说完，感觉自己的反应容易让德克误会有嗤笑的成分，赶紧转了话题："德克，湖面上并没有什么异常啊……"

湖面上除了北风吹起的层层冰屑，实在安定得很，全然没有强敌来犯的征兆。

但乌鸦大师的预言，口吐的那句乌鸦令，却是不容质疑的。

德克片刻不敢放松，寻个岔道口自湖岸匆匆滑下，蹒跚到冰岸交界处，认真查探有没有动物留下的蛛丝马迹。王子湖冰清玉洁，即使冻成一团，也如明镜般一尘不染，藏纳不下半点的污垢。

鼹鼠心有灵犀，纵身爬到就近的一棵古树上警戒。

稍过片刻，就听到树上的鼹鼠报警："冰上有人！德克，小心啊，冰上来了一群人，三个，足有三个。"

德克哪敢怠慢，聚精会神凝视过去。

氤氲的冰霾中，果然有三个黑影依稀靠近。

德克虽然心生诧异，但终归是在自家主场，脸上全无半点恐慌。只见骨冠龙就地一踏双脚，双拳扣腰，虎背下沉，一颗坚如磐石的头颅微微前倾，整个身躯俨然凝缩成了一枚蓄势待发的炮弹。

黑影们在距离德克十米左右的时候，戛然止住了脚步。

德克这躬身垂目的造型确实威猛，但也牺牲了大部分视线。

德克拿两只眼睛努力往前翻了几翻，依然只是看到模糊的三只黑影，并没辨明来者是什么动物。

德克感觉三只黑影从体型上测算并不硕大。即使最大的一只也与自己不相上下，况且还要精瘦一些。另外一只肥硕的，却又比自己矮上了半头。至于第三只黑影，更是又瘦又小，比自己的脚掌差不了多少。

加上对方迟迟没有主动进攻，甚至连句有气势的叫阵都没有，德克就消除了至少一半的戒心，头也缓缓抬平，定眼望了过去。

德克依然没有看清楚对方的真实面目。

德克不由倔强起来，干脆收起身型向前迈了三五步。

德克这才明白，并不怪自己眼神上的毛病。三只黑影实在是面目全非，再好的视力也无济于事。他们虽然体型上差异较大，但无一例外都是鼻青脸肿，狼狈不堪。再往身上瞧去，个个的皮毛又秃了十之八九，横七竖八尽是些交织如网的血丝爪印。

三个黑影的邋遢不堪，与脚下的王子湖形成了鲜明的对比，宛如一碗干干净净的白米饭上落了三粒老鼠屎。

德克本来气恼不过，就要动粗。然而眼见对方气喘吁吁，恨不得把舌头吸进肺里去，心头一软，也就原谅了他们的无礼之举。

至于戒备之心……看这三位瘫成一团的阵势，明显是来寻求救助的。

鼹鼠也远远地瞧出了一些端倪，从树上跳了下来。

鼹鼠就近扶起体型最小的黑影，却突然惊叫："光明先生，您是公鸡光明先生？"

一只公鸡？光明？还……先生？鼹鼠如此称呼，倒让德克吃了一惊。

德克曾听师父说过，大立方洲上最受敬仰的是"乌鸦大师"，而沙漠里的各个族群，也都会推举一位高德圣贤，他们无一例外被尊称为"某某先生"。

这只秃了毛的斗鸡，难不成还是一位高德圣贤？

被称作"光明先生"的弱小黑影，也是又惊又喜，没想到在这偏蛮之地，竟有识得自己骄人身份的故乡旧人。

小黑影先是捋了捋头上的几根残毛，尽量把鸡冠子扶正，道了声："你好。"但毕竟气短，这位先生连忙做了几次深呼吸，如潜水般憋了口气，才勉强吐出一句："老身正是龙城子弟的首席授业老师，人称辣手神鸡的光明先生。"

这位先生憋气介绍完自己，就加倍咳喘起来。

德克刚要扭头向鼹鼠打听个仔细，却听到公鸡身边肥头大耳的那只黑影，"嘿嘿"阴笑了一声，也是屏住呼吸，插了一句："老公鸡，吹牛伤到肺了吧？"

"大篷！"鼹鼠又是一声惊叫，"你是猪家村的猪大篷？"

果然是一头猪。

被唤作大篷的肥猪哼唧了哼唧，斜眼瞄了瞄热情的鼹鼠，竟然没答话，还低眉耷耳地垂下了脑袋，故意把肚子搞得起起伏伏，大口大口地喘着粗气。

德克眼见肥猪夸张的表演，自己的伙伴明显受了冷落，不由怨气腾升。

虽然心存良善，但恐龙扮起恶相来，毕竟不是什么难事儿。只见德克挺直了腰身，面露愠色，一指颓废的猪头："管你是什么身份，私闯王子湖圣地，必要粉身碎骨！你这头猪，看在与鼹鼠王子相熟的份上，就宽容你一些，赏你个全尸，留下这身猪皮给乌鸦大师做个酒囊，小王子，你看如何？"

"哎呀！"不等鼹鼠配合，德克又尖叫一声，认真地说道，"不过你这皮糙肉厚的，腥味又重，处理起来很是麻烦。那就多加点八角和花椒，把大料下足，酒囊做失败了，还可以直接做成肉冻，拿来下酒。"

鼹鼠何尝不知道德克的戏耍之举，只是望着呼吸越发急促的猪大篷笑而不答。

德克越发抬起两只利爪，嘴里呜呜咽咽，假装扮个厉鬼索命的动作，就要上前去吓唬一下这只闷头发抖的肥猪。

兴致勃勃的德克，却突然感到喉头处微微一凉。

德克心中暗叫一声：不好！有人偷袭。

3

德克的确受了偷袭。

偷袭德克的，正是躲在旁边一直默默无闻的，最大的那条黑影。

此时，大黑影正用了一条细细的精钢钢圈，环扣在德克的脖颈之上。虽说暂时力道适中，德克的呼吸还算顺畅，不至于有性命之虞，但抓牢钢圈的两只爪子却是青筋暴起，透着浓重的杀气。

鼹鼠王子从突发的变故中清醒过来，迟迟没有认清这陌生黑影的身份，但与之同行的公鸡和肥猪却是正义之士，猪大篷还曾是自己儿时的玩伴，近朱者赤，想必这条大黑影也不是什么邪恶之辈。

"好汉手下留情！"鼹鼠连忙高呼。

出不了大声的公鸡和肥猪，也同时摇摆着鸡翅膀和猪蹄子，示意同伙罢手。

然而大家忽略了一点，德克毕竟是一条恐龙，而且是一条生性好斗的骨冠龙。

只见德克嘴角微扬，并不等对方松手，两只伸出的利爪就势后撤下压，紧紧扣住黑影的前臂，用力往前一带，坚硬的头颅极速后仰，待听到对方因鼻骨受撞大呼"哎哟"之际，德克几乎同时把右腿后插，左腿下躬，腰臂合力，身后黑影的"哎哟"还没落定，接着又是一声"妈呀"，众人眼睃着，偌大一条黑影，随着德克的勾拉甩动，竟然优雅地从恐龙头顶划个圆弧，重重摔在了冰硬的湖面上。

德克这套摔跤把式，三五个动作一气呵成，却只发生在电光石火之间，不但解了自己的困颈之围，而且显然重创了对手。

偷袭者估计摔不死，也要落个终生残疾了。

鼹鼠嘴巴里原本呼啸欲出的"德克手下留情"，显然失了时效，正考虑该说点"祝早日康复"之类的宽慰话。公鸡和肥猪的摇头摆手，也停缓了下来，只是呆呆望着躺在冰面上的同伴惋惜不已："唉，这条可怜的大黄狗，我们最忠诚的朋友。"。

这的确是一条狗，沙漠里常见的一种金毛狼犬。

德克却只顾盯着手里的狗项圈啧啧称奇：这真是上等的铁匠活儿，如此精致的工艺，怕是整个大漠，也没几个匠人能够完成。

德克一心把玩着手中的钢圈，瞧得出神，全然忘却了，这件刚刚要致自己于死地的凶器，可是一级危险品，需要沉到王子湖底毁尸灭迹的。

"如此精妙的物件，用来拴狗真是可惜了。"德克扭着身子不停抖擞着，爱不释手。

就在这时，关注黄狗安危的其他三位，却集体发出了一声惊呼！

刚刚被烂泥一样摔在冰面上的大黄狗，竟然慢慢站直了身形。而背对黄狗的德克，却依然沉浸在一条狗项圈的精致中，不能自拔。

二度危险，这就来了。

即使身受重伤，失掉了武器，但大黄狗毕竟是一条大漠狼犬，从小到大不知历经过多少生死恶斗，能活到成年的每一条狼犬都不容轻视。德克一定会犯下平生最大的一次失误，他实在不应该为了一只钢圈，去对一条狼犬轻敌。

鼹鼠想到这儿，不由大声提醒："德克，小心！"

德克却像着了魔一样，头都没回。

七、一个邪恶的故事

1

当然，令所有动物大吃一惊的，并非只有德克的举动。

黄狗接下来的跪拜，也让大家差点惊掉了下巴。

这条狗不是摔傻了吧？尤其公鸡和肥猪，更是百思不得其解。若说这条狼狗是个贪生怕死之辈，打死自己都不相信，前几日为了营救朋友，与成百上千的恶鼠激斗，这哥们儿一直奔袭在鼠群之中，忍受着万般啃啮，首当其冲，那是何其英勇，何等壮烈。

如今却只浅斗了半个回合，就屈膝在一只小恐龙面前，这不科学啊。

"感谢阁下的不杀之恩。"黄狗虔诚地又是一拜，"刚才那一跤，若非阁下故意用腿脚作垫，我怕是早已筋骨寸断了。"

德克这才哈哈一笑，转过身来扶起黄狗。

德克把钢圈递还过去，黄狗却并未接受，只道是良器识明主，就留在恩人身上吧。

德克也的确对这条钢圈有莫名的亲近，想必另有渊源，便不再推辞，只把爪子往前一伸，握住对方："我叫德克，是格格森林的骨冠龙，师从乌鸦大师。"说完反手一指鼹鼠，"这位是我的朋友，鼹鼠王国的小王子，目前正在格格森林做客。"

黄狗也把自己的队员作了介绍。

黄狗名字叫作金虎，是大漠绿洲狗皮洼村的应届村长。公鸡光明是公鸡岭的教书先生，肥猪大篷是猪家村的村长公子。

前几日，在一场沙尘暴过后，整个狗皮洼村竟然不知去向，凭空消失了。当时，金虎村长正在大漠的首府龙城例行公务，躲过了一劫。再后来，金虎在多地奔波查找真相的时候，得知其他几个村寨也在逐一消失，包括猫头寨，狼屯，公鸡岭，猪家村等等。期间遇到同在龙城出过公务的光明先生和大篷公子，二位也是对突然消失的家园一筹莫展，于是三位结伴，一路来到鼹鼠王国，发现鼹鼠王国居然还在。

说话间，众人已相互搀扶着来到了一棵古栗树下，围坐在一起。

金虎说到这儿，鼹鼠王子的神情却低落下来。"唉，天下哪里还有鼹鼠王国，早被那群恶毒的耗子们霸占去了。"鼹鼠的牙齿又咬得吱吱作响。

金虎也频频点头称是。

当时，金虎只认为鼹鼠一族精通在沙粒中的生活，这才躲过致命的流沙。

兄弟们至少三天三夜汤米未进，金虎村长和光明先生受身份所累，毕竟要讲究些礼数，躬着身子在小城楼前耐心敲门。

大篷公子却自诩与鼹鼠小王子自小认识，有过命的交情，没等多久便一步跨过低矮的城墙，直奔院子中央的泉眼而去。

大篷的猪嘴刚要接触泉水，就突然感觉猪腚部位有针扎般的刺疼。城外的金虎和公鸡看得真切，肥猪大篷的尾巴下，至少站了十多只全副武装的耗子卫兵。为首的卫兵队长正手握一把出鞘的利剑，一下一下朝着大篷公子的屁股猛刺，很是卖力。

一只老鼠加上一根牙签，自然威胁不到一头肥猪的性命。但十多只老鼠一起上阵，猪大篷就有点如坐针毡了。到嘴的泉水迟迟喝不到不说，回头一看，净是一群土头土脸的灰毛耗子在跟自己性感的屁股较劲，这位堂堂村长公子，为发小留的最后一丝情面也荡然无存。大骂一声"哪来的下流奴才"，猪嘴、猪蹄、猪尾巴一顿操练，片刻工夫，十多只鼠兵就伤的伤，残的残，躺在地上叫哭连天。

切，老猪不发威，当我是佩奇是不?

大篷扫了一眼战场，嘴巴"哼"了一声，若非口渴得厉害，估计还要上前吐点口水。猪大篷拍拍两只前蹄，再次跑回到泉眼旁边，不过是舌头刚刚沾到了一点点泉水的湿气，突然就浑身酸软，瘫倒在了原地。

金虎听见猪嘴里勉强吐出"有毒"两个字，再吐出的就只有白沫了。

2

城外的狼犬金虎和公鸡光明大惊失色，刚要抬腿迈过城墙，去解救中毒的肥猪大篷，却只感觉到眼前一黑。

当然，他们二位并非如队友那般受了毒害，金虎和光明眼前的黑，只是飞落下一只黑色的大鸟。

这应该是沙漠中不可多见的一只大鸟，刚才落地前就犹如一团乌云，铺天盖地。

现在团缩起翅膀依然像一座黑塔，俯视着面前的狼狗和公鸡。

"这应该是传说中的金刚鸦。"德克听金虎说到这鸟儿的体型，尤其黑色的羽毛和猩红的眼睛，自己熟读的《禽经》中就记载过，大漠中曾出现过一种最为凶猛的上古悍禽，这种鸟类即使没有灭绝，也存世极少，其性格喜怒无常，亦正亦邪，尖喙利爪威猛无比，一身黑羽更是坚如金刚，再强的对手也难伤其毫毛，自古至今未遇天敌。

没有天敌的另一种说法，往往是所有动物的天敌。

金虎和光明又何尝不知，望望眼前的一对钢爪和头顶的尖喙，二位不约而同，艰涩地吞了一口唾沫，又吞了一口。

唉，也别吞唾沫了，无论来者是敌是友，硬着头皮上呗，自己的猪队友还在围墙里口吐白沫呢。

二位刚要撸袖子拼命，大鸟却调转了身形，迈进城池，自泉水边的沙地里啄出几条毒蛇，一吞而尽。

谢天谢地，这位黑大个儿应该只是来拼自助餐的。

吞完毒蛇，大鸟朝金虎他们瞅了一眼。

金虎就寻思，这么大个家伙，胃口肯定小不了，但是再大的鸟儿想吃条狗还是要费点事，吃只鸡……可就容易多了。

金虎担心着，便上前一步护在公鸡前头，然后一指横七竖八倒在地上的十多只耗子，示意对方，就别玩老鹰捉小鸡了，浪费时间破坏团结不说，还不道德。那边有现成的，节省体力食材新鲜，还天经地义。

大鸟却瞧都不瞧那堆小鲜肉，依然盯着狼狗。

"我只吃有毒的东西。"直到盯得金虎有点发毛了，大鸟才嗡声嗡气地说，"刚才吞掉那几条毒蛇，我也不是缺吃少喝，只是想帮你们。"

金虎心想，此话倒不假，如果刚才贸然去救助大篷，埋伏在沙地里的毒蛇，势必会发动攻击，自己至少也要落个像肥猪一样口吐白沫的下场。

不等金虎和光明道完谢，黑鸟竟然大踏步地来到肥猪身边，就近捡起一块弧形的瓦片，接了半瓦片泉水，再从腋下取出一根泛着精光的金属筷子，圈成钢环，在半瓦片泉水里荡了荡，就把泉水喂给猪大篷喝了下去。

没一会儿，垂死的肥猪居然又活蹦乱跳起来，猪公子死里逃生，连连向大黑鸟躬身答谢，嘴角的白沫都没来得及擦。

大黑鸟好人做到底，临走前竟把这根神奇的筷子留给了金虎他们，让他们为这件法器寻个良主。

　　这的确是一根筷子，也是一件神奇的法器，据黑鸟描述，筷子是一位上古仙子所流传，材质用料极其复杂，制造工艺特别精湛，时而坚硬无比，时而柔软如丝，而且可以化解天下百毒。

　　如遇到天火融化，甚至可以许愿。

　　实话实说，一条狗项圈能解毒也就罢了，渲染到最后竟然还可许愿？不会是送了人家德克一串流星吧。

　　"后来呢？后来呢？"鼹鼠率先受不了大家对一根筷子毫无底线地吹捧，加上对家园的百般担忧，只是催着金虎赶紧讲下去。

　　"后来，大黑鸟也央求我们帮他个小忙，就是帮他寻找失踪多年的小女儿……说完就离开了。"狼狗本想作个展翅飞翔的动作，一抬胳膊，却疼得龇牙咧嘴，"再后来，我们就与返回的耗子大军遭遇，战斗了三天三夜。"

　　金虎最后的寥寥数语，却被公鸡和肥猪你一言我一语，稀释成了一场声势浩大的生死决战。

　　其实，无需经历者多言，想想过去几天里，三位英雄以饥渴残弱之躯，直面千百只虎狼鼠军，任凭敌人如何蜂拥撕咬，他们却不曾说过一句恭维和求饶的话。

　　如此神勇，连恐龙德克都怆然动容，深深折服。

　　"诸位辛苦了，那群耗子简直就是一伙盗贼，土匪！"鼹鼠王子更是同仇敌忾，恨不得立马杀将回去。

　　金虎又说，经此一役，鼠军损兵折将，总要消耗了三五成。至于自己和两位战友，终被挠得遍体鳞伤，逃进了王子湖的冰面禁地。

"遭了！"德克不知想到了什么，突然低吼一声，"我们上当了。"

3

"你们的确上了那群老鼠的当。"白鹅大师说。

乌鸦洞里，白鹅大师正把一包碎雪融进半瓦罐开水里，架在火炭上烧。

鼹鼠从树下的沙子中意外收获了几枚栗子，正在一个个剥皮。

小乌鸦正围着猪大篷看他蒲扇一样的大耳朵。

公鸡正在欣赏案桌上的一只鹅毛笔，还有盛在椰子壳里的墨水。

德克在往火堆里添炭。

金虎在向白鹅描述事情的始末细节。

白鹅大师料定，耗子们是有阴谋的。

当年，大立方洲与沙漠族群定下誓约，互不侵犯，本是一种互利的举动。大立方洲地势挺拔，又拥有雪峰山和王子湖这样得天独厚的地貌，自然水源丰沛。而整个沙漠的绿洲，需要由地下暗藏的水系来进行滋养，地下暗河的源头正是雪峰山。如果雪峰山遭到破坏，首先断水的必然是身处沙漠的各块绿洲，遭殃的也是生活在绿洲上的各个族群村落。

白鹅说完雪峰山，又说到王子湖。

所有回流到大立方洲的水，并非直接变成雪飘落在雪峰山上形成冰帽，那些大大小小的水流，需要在王子湖里汇集，完成彻底的净化，才能够变得无比轻盈，悉数蒸发成雪峰山上的降雪。雪峰山上的冰帽绝不允许掺进一粒杂质，如果王子湖受到污染，势必造成雪量锐减，影响到冰帽的再生，继而影响到暗河的源头，也就影响到了绿洲的生存。

白鹅干脆连恐龙的前世今生也抖搂了一番。

誓约中要求，大立方洲的恐龙，可以独享这儿的森林甘泉，却不准踏入沙漠半步。一是因为恐龙食量惊人，绿洲上那点花花草草不够人家塞牙缝的，如此约定，的确能够保证其他沙漠动物的生存空间。二是恐龙口碑不好，骨子里残暴成性，一旦与其他物种遭遇，很容易引发战乱。所以，用一纸约定，把这群猛兽困在格格森林里，全当建了一座大号的豪华监狱，只是费点青草树叶而已。

白鹅说到这儿，突然沉默起来，甚至叹了一口气。

"说来，这一切的破坏者，都是老夫啊。"白鹅话音刚落，众人纷纷停下手中的忙活，一个个瞠目结舌，朝大师望了过去。

和善的白鹅怎么成了破坏者？

白鹅并不意外，反倒慢悠悠地起身，从公鸡手里取下鹅毛笔放回案台，从肥猪肩上捧下肉滚滚的小乌鸦塞给公鸡，从德克手中取出木炭投进火堆，理了理金虎耷拉在眼皮上的几根残毛，最后收走鼹鼠剥好的坚果，放进石臼子里锤磨成粉。

大家一动不动，正沉迷于白鹅大师嘴里的故事。

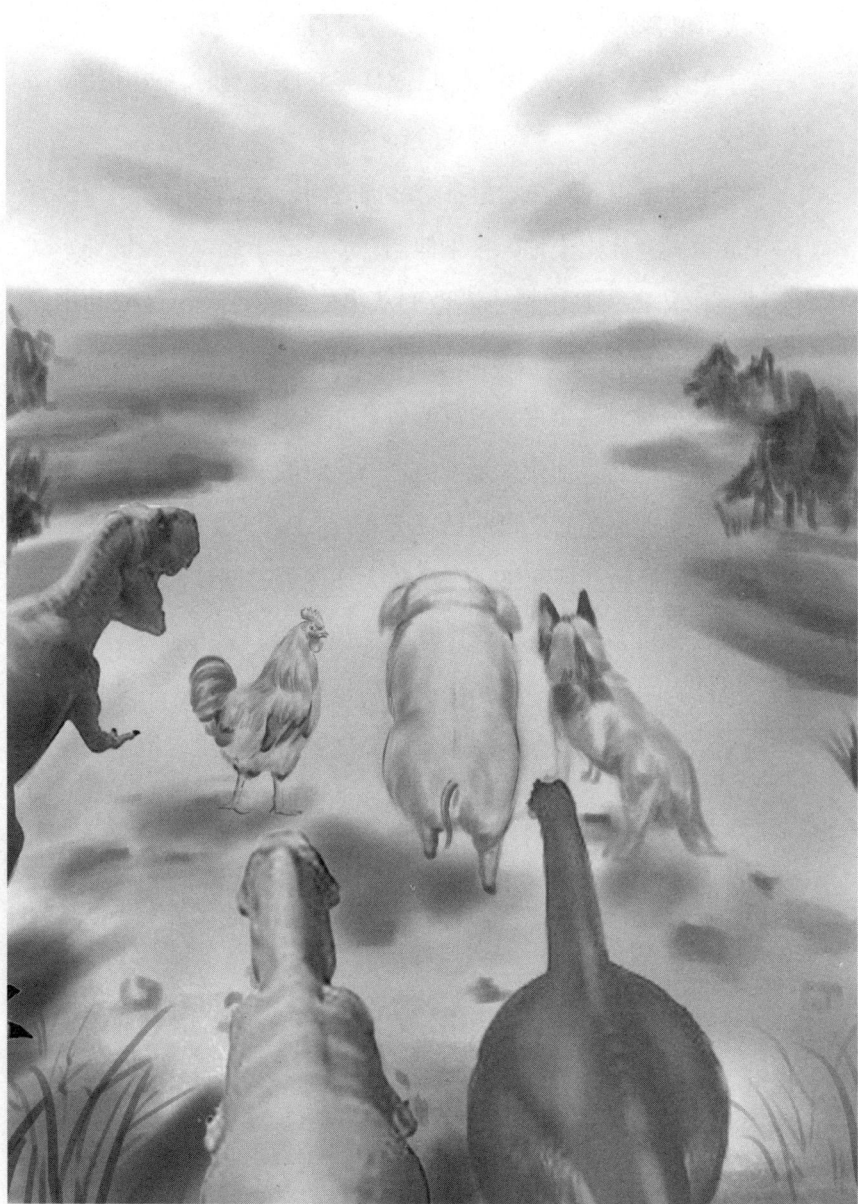

大师吐露的每一句，都应该是他最真实的经历。

"当年，蜥蜴一族……"白鹅从慢悠悠起身时，就开始慢悠悠地说。

当年，蜥蜴一族在沙漠各个绿洲之间，居无定所，因为没有一个族群同意让出土地，接纳他们，流浪的蜥蜴，一经发现，就会被当作异类，赶出村子。他们从出生到死亡，不是被动物们追来撵去，就是与寒冷和饥饿相依为伴，每一条出生的蜥蜴宝宝，都经历着对这个世界短暂的新奇和向望，然后是无休止的恐惧、怨恨和痛苦，他们总是不停地问自己的父母，"我们错在哪里"，如果他们还有父母的话。

"直到最后郁郁而终。"白鹅大师抹了一把脸，"是啊，蜥蜴们错在哪里？"

绿洲里的每一个村民，都说蜥蜴是恐龙的近亲，生性残暴，冷血无情。他们宁愿包容一条毒蛇，宠养一只臭虫，也不会施舍给趴在门外瑟瑟发抖的蜥蜴一口粮食。他们嘲笑路过的每一条蜥蜴，他们毫不吝啬地谩骂、吐口水、丢石子。没人的时候也会丢石块——这是一种违法行为，为了伤害蜥蜴，他们甚至不惜触犯法律。

没有一个村长会因为蜥蜴，去处罚自己的村民，面对蜥蜴的控诉，他们像死人一样不闻不问。

嘲笑者的胆子越来越大。

直到有一天，狗皮洼里有人杀死了一条活生生的蜥蜴。这原本是一件惊天动地的大事件，要知道，狗皮洼里的狗可是连绵羊都不会伤害的。然而，并没有人去追究，事件不了了之。接下来，就是猫头寨，鼠王国，狼屯，公鸡岭，猪家村……蜥蜴被一条条地杀害，大家却无动于衷，仿佛每天死上几条蜥蜴，是沙漠里最平常不过的事情。

就像被风吹落几片树叶一样平常。

暴行终于一发不可收拾，直到蜥蜴血淋淋的尸体被挂在首府龙城的集市上公然叫卖。煮熟的蜥蜴肉香气扑鼻，很快就充斥在每块绿洲、每座村庄的大街小巷里，食客们称其为"香肉"。蜥蜴不再是他们的乡亲，不再是邻居，不再是伙伴，不再是朋友或者敌人，蜥蜴变成了他们锅里的、碗里的、嘴里的一块肉，像他们吃了半辈子的树叶和草根一样。

但是蜥蜴毕竟不是树叶和草根，蜥蜴繁殖不了那么及时。

沙漠里终于再也看不到一条蜥蜴的影子，龙城集市的货架子上，再也买不到一块"香肉"了，即使价格一涨再涨。

就在这个奇货可居的时刻，偏偏在鼹鼠王国的泉水旁边，出现了一枚蜥蜴蛋。

传说是几个月前，一位饮水时被拖走的蜥蜴妈妈遗留下的。

鼹鼠王国上上下下，无不狂喜万分，一枚蜥蜴蛋，孵化好了就是一条蜥蜴啊，现在一条初生蜥蜴的行情，都能换取十头肥羊了。

如果小蜥蜴再养上半年，还不价值连城。

鼹鼠们开始动用举国之力，日夜值班，守护着这枚珍贵的蜥蜴蛋。

更有聪明的居民建议，为了防止万一，可以收集大量的鸡蛋、鸭蛋、鹅蛋甚至蛇蛋，埋在蜥蜴蛋的周围，以假乱真。即使有技术高明的盗贼，也难以在一窝类似的蛋中，准确地盗取那枚蜥蜴蛋。

建议被立即采纳。

由鼹鼠国王亲自在蜥蜴蛋的埋藏之地做好标记之后，大量的蛇蛋，像地雷一样被埋藏起来。对，是蛇蛋。荒芜的沙漠里，下蛋的鸡鸭鹅一时难以寻找，毒蛇却遍地都是。

时值夏日，沙子里的蛇蛋很快就开始陆续孵化。

刚刚孵出的小蛇们差不多面条粗细，而且没有毒性，不足为惧。可是后期招引来的大量的毒蛇父母，可是鼹鼠们的灭顶之灾。鼹鼠们哪里还顾得上看守蜥蜴蛋，他们纷纷拿出看家本领，钻入地下，遁沙而逃。

过往的路人听说泉水被蛇毒污染，也大都绕道而行。

那段时间，整个鼹鼠王国完全变成了一座空城。

那条刚刚孵化出的蜥蜴却因祸得福，幸运的小日子扑面而来。

鼹鼠王国里食物特别充足，吃喝不愁，这条独自"霸占"了整个王国的蜥蜴，就生长得特别健壮，身子圆滚滚的，四肢反倒不明显。肥胖的体型，也救了蜥蜴很长时间的命，偶然有路过的行人或者有回查的鼹鼠探子，只会认定守在泉水边的是一条巨型毒蛇，并没识破那其实是一条美味可口的大蜥蜴。

蜥蜴本来可以藏起手脚，躲在这里一辈子混吃混喝，了却幸福的余生。

　可惜夏季过后，秋风一起，这家伙吃饱喝足，心底下竟然生出了一丝孤零零的悲凉，一心要寻觅个知音朋友，来搭伙过日子，充实一下自己的精神生活。

　这就活该蜥蜴一族在沙漠里彻底灭绝了。

八、老鼠的阴谋

1

蜥蜴出了城门，爬行不足百米，就在拐角处，迎头扑来一只灰毛老鼠。

说到这只老鼠，最近过得是相当落魄。抬头一看，以为抓住自己的是条大毒蛇，一时万念俱灰，挣扎都没挣扎，像只布袋娃娃一样任由对方摇来摇去。

蜥蜴却显得异常激动，兴高采烈地摇着怀里的老鼠，嘴巴里声声念叨着"恩人"。

蜥蜴每次钻进王宫里就餐时，就会看到墙上悬挂的一张张肖像，那些画上虽然都是西装革履的王室贵族，但脸型相貌，与自己怀里的动物却是一模一样。

来者只是打扮上低调了点，蓬头垢面，还衣不遮体。

再说回这只落魄老鼠，原本心如止水，诚心诚意等着被连毛吞掉，一了百了。却没想到遇上了个贪玩儿的主儿，想学猫，玩儿捉老鼠的游戏是吧？恕不奉陪！

耗子终于被摇得烦不胜烦，愤怒地睁开了眼睛。

灰毛老鼠的眼睛越睁越大，他看到了一张再亲切不过的笑脸。

自己不是在做梦吧？老鼠用力扯了扯自己的胡须，又狠心掐了一把自己的肚皮，都是些敏感的部位，直疼得龇牙咧嘴。

但老鼠的心里却乐开了花。

老鼠一族在沙漠中的待遇，比当年的蜥蜴美满不了多少，甚至更加悲惨。

在整个沙漠中，老鼠向来是贼、小偷、盗窃分子的代名词，除了偷，几乎没有什么过人之处，混进村子落个人人喊打那算幸运的，大部分耗子都是常年躲到沙漠腹地，一日三餐就着沙土啃仙人掌，还要充当老鹰和毒蛇的饭后甜点，若非生育能力强大，一月繁殖一窝，估计早被赶尽杀绝了。

这只灰毛老鼠也是被基层生活折磨疯了，家里三天前就已揭不开锅，老婆孩子饿得嗷嗷直叫，自己干脆把生死置之度外，来几个绿洲村落寻点残羹剩饭度度饥荒。

没想到运气欠佳，刚摸进第一个村口，就撞到了一条"大毒蛇"。

然而大千世界，无奇不有。

灰毛老鼠睁眼看到的，竟是一张和蔼可亲的笑脸，语气也温柔："恩人，您一定是我的大恩人，您为我准备了那么多食物，还有一座城堡，我见过您的画像，我真该好好地感谢您。"

老鼠木讷了片刻，毕竟久历沙场，阅人无数，一眼就看穿了，这只貌相威猛的天敌，其实是个没见过世面的软柿子。

那就捏呗。

打听到整个鼹鼠王国空无一人，又看到蜥蜴端上来的各色美食，灰毛老鼠本来告诫自己，一定要保持体面，千万不能让对方产生怀疑。

但是瘪了三天三夜的肚子不允许啊！

一番狼吞虎咽，没一会儿，灰毛老鼠就把肚子塞成了一个圆滚滚的大皮球。

蜥蜴望着眼前的皮球，很有成就，笑咪咪地问："恩公，您的家人呢，看墙上的画像，您应该有很多的家人吧？"

灰毛老鼠这才想起，在耗子窝里的那片"嗷嗷"的哭叫。

灰毛老鼠正在往一个大号布袋里装填食物，却突然停下了手脚。

耗子眼珠一转，想到了一个更加长远的计划。这次他不再想做一个小偷，不再想做一个吃了上顿没下顿的乞丐，他要利用这次难得的机会，彻底改变自己一家的命运。

"富贵险中求。"灰毛老鼠用力咬着牙，下定了决心。

其实，每天傍晚，都会有几只鼹鼠，钻到王国外的沙丘上，远远侦查。这次终于有了收获，他们亲眼看见，一只灰毛老鼠与"大毒蛇"在自己的王宫里聚餐，气氛还很融洽。

灰毛老鼠何等警惕，早已在落日前的余晖中，发现了那几只鼹鼠的身影。

太阳完全落尽，鼹鼠探子们刚要打洞回府，就被灰毛老鼠拦住了去路。

鼹鼠在数量上占尽优势，四下里瞅瞅，又没看到"大毒蛇"的影子，就七嘴八舌地嗤笑起这只要饭花子，有的扮他刚才的吃相，有的比划他严重失调的大肚子。

灰毛老鼠却并不生气，反而费劲地作了一揖。

"麻烦各位，回禀鼹鼠国王，鄙人有办法让那只大家伙离开王国，鼹鼠贵族可以返回城堡，收复一切。"老鼠认真地说，"但是，我们老鼠一家，要在鼹鼠王国里谋个差使，做牛做马都不计较，只要给口饭吃，有个栖身之处，我们就满足了。"

刚才在餐桌旁，灰毛老鼠挨个儿夸完自己幸福的家人，就推心置腹地告诉那只羡慕不已的蜥蜴，让他趁着夜色，西行四五个时辰，游过一座湖，穿进一片森林里，一定能找到自己从未谋面的家人。

蜥蜴从小内心孤苦，从老鼠嘴里听到如此大的喜讯，差点哭出声来，哪里还有片刻的耽误，拜谢完恩公，就一路西奔而去。

2

再后来发生的故事，大家基本就能猜个八九不离十了。

蜥蜴犯了大忌，玷污了王子湖。又犯了大罪，踩碎了恐龙蛋。自然就受了大刑，手脚被恐龙妈妈们踩成了肉泥。多亏当时的乌鸦大师鸭嘴龙，有好生之德，不但救活了这个"凶手"，还以德报怨，把通灵法术传给了蜥蜴。

哦，此时的蜥蜴应该被迫害成蟒蛇了。

蟒蛇的罪责可以逃脱，但被玷污的王子湖却恢复不到当初的洁净。

有些东西一旦变脏，就只会越来越脏。大自然受到的破坏，往往是最不可弥补的，犹如蜥蜴失去的手脚。

蟒蛇在湖水中遗留的杂质，像有了生命一样，与日剧增。王子湖里能够蒸发的纯净水越来越少，雪峰山的冰帽越来越薄，终于薄到压不住山体里沸腾的岩浆，最终分崩离析。没有雪峰山的阻挡，西北风长驱直入，大立方洲的冬天就越来越冷，有了杂质的王子湖也开始结冰，能够蒸发的纯净水变得更少。

"这样，整个生态造成了恶性循环。"白鹅把磨好的果粉倒入沸腾的开水里，慢慢搅合，"老夫真是罪孽深重啊，所以被自己的孽徒置换了身躯，余生还要遭受这不见天日的软禁之刑，真是报应啊。"

金虎几个本不清楚白鹅口中的蜥蜴呀、蟒蛇呀与这只白鹅有什么关系，经白鹅这最后的一叹，终于明白了个大概。

德克更加关注耗子的阴谋，鼹鼠也想更多了解一下耗子与自家世仇的渊源，二位几乎异口同声地问道："那窝耗子如何了？"

白鹅给每个小家伙盛了一碗熬好的果粉粥。

大家一边吸溜热粥，一边听大师继续讲老鼠的故事。

鼹鼠王国里，贵族鼹鼠与低等老鼠相生相杀，足足纠缠了几辈子。鼹鼠高贵，但王国的建设离不开老鼠的苦力。老鼠强壮，但推翻了鼹鼠又缺乏统治王国的智力。就这样，两个家族斗智斗勇，王位争来争去，仇恨也一代一代越积越深。

但是这次，老鼠的胃口显然更大一些。

以白鹅大师的推算，老鼠们谋害了鼹鼠王子的妈妈，篡了鼹鼠王国的权座，已经有些时日，按照正常的繁殖速度，得了势力的耗子们，数量很快会失去控制，粮食就会首先出现缺口。

"鼠族一定会想到侵略。"白鹅并没给自己盛粥，他只是去挤皮囊里的残酒，"听你们说，在战斗时，鼠兵们并非一拥而上，只是三五成群，进行的车轮大战，鼠王这是在借用你们之手，为自己的族群减员，如此下来，死的自然是那些老弱病残，净是一些战斗力低下还浪费粮食的耗子。"

白鹅大师呷了一口酒继续分析，至于鼠王没有痛下杀手，而是一步一步把金虎他们逼上王子湖冰面，一定还存有其他目的。

"我也想到了这些，"德克把剩下的半碗粥让给正在舔碗的猪大篷，起身说道，"王子湖结冰，大立方洲的天然屏障，就失去了作用，他们完全可以起兵来袭。只是恐龙的英名在外，想那鼠王也不敢贸然犯险，这才把你们赶了进来，试探一下虚实。如果发现你们没遭到什么意外，那么说明格格森林的恐龙也就名存实亡，没了威胁，进而大军压境。"

"可是……"大篷恋恋不舍地抱着两只空碗，轻声疑问，"现在的格格森林里，并没有什么可吃的呀，就算耗子们入侵的阴谋得逞了，他们也得哭着回去吧？"

白鹅大师慢慢背过身去，长叹一声："那群老鼠可不是吃素的。饿急了，他们什么都吃，格格森林的树下，还埋着上千只冬眠的恐龙呢。"

众人顿时七嘴八舌担心起来。

唯独德克沉思了片刻，走到白鹅身后："师父，乌鸦令能算出老鼠进攻的时间吗？"

大师头都没回，只是抬手指了指案台上的鹅毛笔。

哦，老规矩。

德克赶紧过去，提笔蘸了蘸墨汁，迅速在祈令石上写下了"鼠族侵时"。白鹅大师这才突然转身，目光炯炯地望着大家。

乌鸦大师扁长的嘴巴里，坚毅地吐出了四个字：

今夜，子时。

3

众人们听到白鹅大师口吐的乌鸦令，并没表现出多大的惊慌。

骨冠龙德克在打架方面，应该还没怕过谁。鼹鼠恨不得早日手刃仇敌，大战为快。狼犬、公鸡、肥猪算是刚刚与鼠军斗了个平手，心想耗子的战斗力也不过如此。

至于那只肉乎乎的小乌鸦，对耗子的认知，跟目前自己嘴里的鸡爪子没什么两样。

小乌鸦自从听说公鸡先生的外号叫什么"辣手神鸡"，就缠着非要舔一下对方的鸡爪子，尝尝是不是真辣。"辣，很辣，跟泡椒凤爪一样辣。"公鸡见吓不住这个小家伙，只好舍了一只爪子去堵小乌鸦的嘴。

毕竟让大家能够安安静静地商讨御敌方案，才是当务之急。

"德克，你想到了什么？"白鹅见小弟子沉思了半天，想必已经有了主意。

德克抬头冲师父一笑，就收起大家手中的空碗，站到案台前。见众人纷纷围了上来，德克以碗为标，很快在案台上排出了格格森林入口的地形。

格格森林与王子湖，存在至少十米高的悬崖断层，现在又挂满了冰霜，任何动物都难以从崖壁上进行攀爬。

只是在东南西北四方，各存有一处天然的岔道口，向来是恐龙们舀取湖水时，出入的过道。这几日格格森林的来客，也均是沿此豁口进入的。若是鼠族来犯，众人只需要把守住这几处天然要塞，短期内应该没有问题。

"但是时间一长，老鼠们轮番攻击，敌众我寡，总有扛不住的一天。"德克自言自语，手中不停摆弄着几只空碗。

"那根筷子，拿来我看看。"白鹅大师好像走了神。

德克却没慢待，忙将脖子上的项圈递给白鹅。

白鹅端详片刻，嘿嘿一笑："这金刚鸦为了寻找女儿，真是舍得下本钱。这个叫作金刚筷，应该有一双。传说金刚世家传下三宝，各有神通，金刚板可变幻大小，金刚碗可变幻多少，至于这根金刚筷子，除了可变幻软硬，应该还可变幻长短。"

狼犬听得一头雾水，说自己只知道这东西是解蛇毒的良药，至于什么神通，什么三宝，什么软硬长短，那只大黑鸟可从没交待。

"解毒只是这根筷子的副作用，它能解毒，又何尝不能下毒。"白鹅说着，把项圈递还德克。"在很久很久之前，王子湖的外围还没有沙化，沙漠在当时还是一片森林，这根软硬自如的金刚筷子，正是用来锯树的利器。锯的树多了，筷子上难免浸入各类有毒的树汁，若遇到中毒者，以毒解毒自是良药。若无毒可解，那筷子上可满是断肠的毒药啊。"

金虎这才感到后怕："这只大乌鸦，留给我们这般凶器。这……这不是害人吗？"

又见白鹅拍拍狗背，安慰道："天下器物，哪有什么凶善之分，莫说是根筷子，单说这只木碗，你若用来盛充饥的米粥，就是善器；你若用来盛害人的毒药，就是凶器。凶善自在人心，碗筷何罪之有啊？"

白鹅与狼狗又是筷子，又是木碗的一心论道，德克却因找不到完美的御敌良策，而焦虑不安。

乌鸦洞外太阳已经西斜，离耗子进攻的夜半子时越来越近。

白鹅眼见小弟子对着一堆空碗抓耳挠腮，想必黔驴技穷了，这才上前拿四只木碗各扣在岔道口的位置："人堵不住，木头能堵住不？"

德克受此指点，再瞅瞅手中的金刚筷子，突然一拍案台："有了！"

的确是一条妙计。

金刚筷子上原来藏有一排暗齿，怪不得可以锯树。

有了金刚锯的帮忙，德克他们找到几棵枯死的古树，很快就扛来了几段足以封堵豁口的粗大木桩。

至于木桩加固成门和反攀爬处理嘛……

德克先是跑到王子湖的冰面上，双手合十拜了几拜，然后周身发力，以头抢地。没几下，冰面上就出现了一个大坑，湖水咕嘟咕嘟地涌个不停。德克招呼伙伴们每人提着两只大号木桶，盛满湖水返回岔道口，再由内而外把木桩排列整齐，然后自上而下一点一点淋上湖水。这个冬季冷得厉害，加上太阳刚刚落山，室外已是滴水成冰。德克细心地一层一层淋着湖水，木桩门外的冰层迅速加厚，待所有的湖水淋洒完毕，整排木桩已然冻得结结实实，而且光滑无比，只要那群耗子生不出翅膀，要踏上格格森林，怕是比登天还难了。

忙活到半夜，最后一扇冰冻木门已然完工。

大家刚要长舒一口气，却听见公鸡尖着嗓子惊叫："这儿！这儿还有一个猪蹄子大小的窟窿。"

德克闻声赶了过去，伏身观察了观察，果然发现这扇冰门底部，有一个猪蹄子形状的窟窿，通透无阻，想必是猪大篷的杰作。

"让你及时松手，及时松手，怎么没把你的猪蹄子冻上。"公鸡忿忿地指点着低垂的猪头，"这木门只要有一个漏洞，我们所有的努力就会前功尽弃。泉水也都用完了，现在大家出也出不去，怎么办？怎么办？"

这扇有了漏洞的木桩门，极有可能挡不住鼠兵，反而困住了自己。

　　德克倒是可以拼命撞碎冰门，重新来过，可惜子时临近，时间已经来不及了。

　　"怎么办？怎么办？"现场顿时陷入一片懊恼之声。

九、第一次战斗

1

时间越来越紧，那个猪蹄子大小的漏洞，却依然无法弥补。

大家你一言我一语，出着大大小小的点子，德克听来却全是馊的。

焦燥之下，德克正搓着手原地打转儿，一眼瞅见了躲在公鸡翅膀下的小乌鸦。

小乌鸦因为全身没有一根羽毛，又闹着要跟大家一起"上战场"，白鹅大师拗不过她，只好剪开一只盛酒的空皮囊，给小家伙做了一件外衣套在身上，以抵御寒气。

小乌鸦穿件新衣服，原本美得够呛，蹦蹦跳跳四处显摆，不知从什么时候开始，却躲躲闪闪的，有点反常。

德克不由多瞅了两眼，发现小乌鸦宽大的衣袍下竟然鼓鼓囊囊，好像藏了东西。

"小乌鸦，藏了什么东西？"德克故意压低嗓音，"还不拿出来赶紧回洞里睡觉去。"德克原本只是想诈她一下，大敌当前，防御又出了纰漏，尽快把这个小麻烦赶走，大家也好全力以赴对抗鼠兵。

小乌鸦倒也听话，颤巍巍从袍子里端出两只木碗："德克哥哥，我……我只是偷偷舀了两碗湖水。我……我发誓！我可一滴都没喝，你……你可不要骂我……"

湖水？王子湖的湖水！

德克几乎蹦到了小乌鸦面前，小心翼翼地接过两只木碗。

不多不少，两碗湖水凝结成冰，恰好弥合了木栏门上的猪蹄子窟窿。

一切准备就绪，防御也万无一失，大家这才有了好心情，轮流抱着小乌鸦亲来亲去。

接下来，德克让狼犬、公鸡、肥猪、鼹鼠各自带了火石，分头去把守东南西北四个门户，一旦发生意外的危急敌情，立刻点燃备好的木柴，以便互通信息及时救援。

德克自己则抱着小乌鸦，爬上了东侧崖头最高的一棵古树上，居高侦查。

鼠王国的方位，恰就在王子湖正东，太阳升起的地方。

今晚的月亮正圆，王子湖的冰面上，就被镀了一层闪闪的银光，显得格外圣洁，冷峻。

"好美啊。"小乌鸦从衣袍里探出娇小的脑袋，望着湖面惊叹，"好洁白的王子湖啊，德克哥哥，那湖水一定特别甘甜吧？"

寒意越来越浓，德克为小乌鸦紧了紧领口。

"王子湖的湖水，只有乌鸦大师才可以喝，别人喝了会肚子疼的。"德克见小乌鸦撇了撇小嘴，知道说不服她，只好改口，"你是一只乌鸦，只要努力，长大了也会成为一名乌鸦大师，自然也就可以喝那王子湖的湖水了。"

"那我一定要快快长大。"小乌鸦突然又想到了什么，"德克哥哥，我要长大，是不是先要有一个自己的名字啊，你看，你们大人都有自己的名字。"

"你有名字呀，你不是叫小乌鸦吗？"

"我不要小乌鸦这样的名字。"小乌鸦笃定了自己的决心，"猪大篷说了，小乌鸦不是一只鸟的名字，他也不让我喊他肥猪，他说肥猪也不是一头猪的名字，他的村子里很多人都叫肥猪，但只有他叫猪大篷，这是属于他自己的名字。我也要一个属于我自己的名字，像猪大篷一样。"

德克忍不住笑笑："那你就跟大篷商量一下，叫猪小篷呗。"

"我才不叫猪小篷。"小乌鸦严肃地摇摇头，"我又不是一头猪。"

猪怎么了？丢乌鸦脸了？不许搞种族歧视啊！德克心里苦笑不得。

"我要取个像王子湖一样洁白的名字。"只听小乌鸦憧憬着，"我如果再生出像王子湖一样雪白的羽毛，那该多好啊。"乌鸦开始异想天开。

德克点了一下丫头的脑门："那回去跟白鹅大师商量一下，看他能不能跟你换换。"

"鹅毛太硬了，又老又硬。"小乌鸦噘着嘴巴，满脸的嫌弃，"我要的是像王子湖的湖水一样，又柔软又雪白的羽毛……"

德克实在没来得及去捏小乌鸦的嘴，就赶紧双手拜拜，嘴里念着"童言无忌，罪过罪过"。在大立方洲上亵渎乌鸦大师，从来都是十恶不赦的重罪。

忏悔完毕，德克害怕这只古怪精灵，再口吐什么莲花，还真就用心地给小乌鸦想着合适的名字。

德克脑海里过滤着读过的每一本书，还有书本里学习的每一种动物。

其实名字并不难起，这只小乌鸦跟所有孩子一样，只是想变成任何人，除了她自己。

"那就叫小鸽子吧，"德克仔细想了半天，才庄严地宣布，"那种鸟儿可是浑身长满了雪白而柔软的羽毛，还特别善良和无私，一直代表和平。但是，有了名字的小孩儿，就要长大了，就要懂事，要安静，温柔，按时睡觉……"

在一场生死未卜的血战前夕，为一只黑乎乎的乌鸦，起一个意喻着和平与洁白的名字，骨冠龙德克忍不住捂了捂自己的胸口，哑然失笑。

小乌鸦却偏偏喜欢得不得了，连连点头称好，瞬间满目柔光，人如春风。

火光最先从南门燃起，然后是西门，北门。

最后，所有的鼠兵汇聚在了东门。

这一切都被沿岸奔跑的德克看得清清楚楚，鼠军的先锋部队虽然不足百只，但装备极其精良，又个个身强体壮，必是族中精锐，丝毫不敢大意。

再看那四扇冰封后的木门，表面光滑如镜，任凭老鼠们再擅于攀爬，也无计可施。

倒有几只敬业的，打算上前用尖牙在木门上啃出一条通道。

德克轻松猜到了他们的意图，站在崖头上朗声规劝："鼠族的朋友们，你们不远千里来到大立方洲拜访，天寒地冻，还黑灯瞎火的，忠心可嘉啊。只是恐龙全族正在闭门修行，不便接待，大家还是等春暖花开之后，再来瞻仰大洲美景吧。对了，科普一下，这个温度，王子湖冰可是硬如玄铁，千万别用牙齿去啃木门，否则你的舌头会与冰面粘在一起，至少这个冬季是分离不开了。"

几只勇士果然驻足，与其他鼠兵们一起仰头，盯着高崖上的黑影。

耗子们实在猜不出这是只什么动物。但铁定不是一只恐龙了，恐龙与沙漠动物从不交流，他们说不出对方能够听懂的语言。也铁定不是几日前那条与自己战斗过的狼狗，那条狼狗正躲在南面的一扇木门后面，"嗷噢嗷噢"地咬月亮。

又对峙了片刻，只见一只鼠兵壮着胆子走上前来，阴森森地问道："阁下是谁？"

本次突袭大立方洲，鼠族可谓费尽了心思，从诱逼鸡猪狗作为探路石，到派出细作掌握情报，然后组织本次半夜袭击，老鼠们自以为这一战十拿九稳。

尤其这只带头的鼠将，出兵前更是向鼠王父亲，立下了军令状，不成功则提头来见。

目前看来，自己确实离脑袋搬家的梦想不太遥远了。

按照惯例，能站出来问话的，必然是队伍的头领，德克听到对方气急败坏的沙哑嗓音，反而于心不忍，一副亏欠别人的样子："啧啧，怎么说呢。我知道，你们几乎每天都有探子回禀，说大立方洲已经冰天雪地了，格格森林空无一人了，恐龙群体全部埋进地下，进行冬眠了。加上你们的夜战能力超强，这次夜间奔袭，一定感觉胜券在握了吧？"

"实不相瞒，"德克说着，干脆就地坐了下来，捶了捶大腿，刚才与耗子们赛跑太用力了，"在下正是一只如假包换的恐龙，因为头硬，所以被叫作骨冠龙。我的名号，你们也要一并记住了，以德克艰，我叫德克。"

鼠兵们闻言，开始交头接耳，泛着幽幽月光的冰面上，就传出了阵阵私语。

"吾堂堂大立方洲，千百年来，皆以德立世。"说到这儿，德克毅然耸立起腰身，声如洪钟，振聋发聩，"这次，虽然尔等怀了不轨之心，玷我圣湖，污我圣土，破坏了方洲与大漠的上古誓约，但乌鸦大师念你们受恶劣的环境所迫，又属于初犯，这才不忍施法乌鸦令。尔等若知好歹就赶紧离开，别再踏入王子湖半步，如果再打大立方洲的主意，定让你们葬身湖底，让鼠族永无宁日！"

现场鼠兵却依然面面相觑，不知该进退留离。

德克也不再废话，俯身捡起一块拳头大小的砾石，掂量几下，扬手就甩了出去。砾石划个弧线，不偏不倚，正中几个时辰前刚刚封合的取水冰洞中，重击之下顿时冰屑四溅，水柱如涌。

周边的十几号鼠兵近水楼台，淋了个透心凉，西北风一刮，转眼要成冰雕了。

鼠军这才方寸大乱，抬起冻僵的战友呼啦啦逃了个精光。

王子湖的冰面终于重回宁静，德克拍了拍胸口就地坐下，急促地呼吸着。

没过几个时辰，把守四门的伙伴们，洞知敌情已退，也陆续返了回来。

远处的金虎、公鸡、鼹鼠并没经历刚才的精彩，职守过东门的猪大篷，正在眉飞色舞给他们讲述。待听到德克不费吹灰之力，喝退群鼠的豪言壮举，众人纷纷赞不绝口。

德克却只是浅笑着，默不作声。

德克知道，刚才的伎俩，只是一时的缓兵之计，并解不了大立方洲根本上的凶险。吓走了一百只耗子，他们还会派来一千只，一万只。吃不饱的老鼠一定会越来越多，只要这些饿鬼存活一天，就会惦记格格森林一天。

一番折腾，东方已经露出鱼肚白一样的天光。

天终究快要亮了。

公鸡打起了鸣，肥猪大篷在燃尽的柴火旁打起了呼噜，狼犬金虎要围着大洲跑步晨练，鼹鼠王子却迷恋上了从树下挖陈年的坚果。德克想起安置在树杈上睡觉的小乌鸦，噢，应该叫人家小鸽子，就要爬上去轻轻把她抱回家。

就在这时，大地却突然传来一阵剧烈的晃动！

德克眼尖，余光中瞅到被甩落的小乌鸦，飞身一个鱼跃，疾速上前接了个正着。小乌鸦朦朦胧胧睁开眼睛，见被德克哥哥暖在怀里，加上自己呓语了一夜的新名字，这个从小缺父少母的孤苦弃儿，已然满心的鲜花怒放，感觉幸福极了。

德克却忧心忡忡。

刚才猛烈的地动，似乎是一种极为不祥的征兆。

德克有一种特别强烈的预感，一场比鼠祸更为严重的灾难，正在步步逼近。

3

德克急忙钻回乌鸦洞，想找乌鸦大师验证一下，却四下里寻不到白鹅。

小鸽子走到祈令石前，居然"呜呜啦啦"地哭了起来，她认得上面有白鹅大师的笔迹，十有八九是老爷爷的告别信。

德克听到小鸽子的哭喊，凑上前去，祈令石上俨然是一句乌鸦令，一共八个字：乌鸦大师，相信自己。

德克刚刚读完，字迹瞬间便消逝得无影无踪。

信号一定是留给自己的，德克思忖。德克的内心却并没有多少惊喜，白鹅在很久之前，就刻意传授自己一些只有乌鸦大师才有资格掌握的《乌鸦令辞》，预言未来，读心卜问，自己应该是白鹅选定的下一任乌鸦大师，这个无需怀疑。

德克只是有些惊慌，白鹅的不辞而别和祈令石上的乌鸦令，让德克猝不及防。

德克正无助地搓着双手，脑袋里一片空白。

"大师，白鹅大师！"狼犬金虎气喘吁吁地破门而入，嘴里喊着白鹅大师，"白鹅大师！白……咦？噢，德克！化了，西南角，湖水……"

向来稳重的金虎，慌慌张张，竟然急得语无论次，德克知道，他一定发现了什么重要的线索，忙起身迎了上去。

此时，公鸡、肥猪、鼹鼠听到金虎的一路叫嚷，也知道出了大事，匆匆返了回来。

狼犬勉强舔了一口小鸽子捧过来的半碗雪水，润了润喉咙："王子湖……南面冰封的王子湖……开始融化了……化得很快……非常快。"狼犬又迅速地舔了一口，"但是在回来的路上……其他方位的湖冰……并没有融化。"

听到这里，德克脸上的表情，却像被冰封了一般凝重起来。

白鹅大师曾经说过，雪峰山体内应该有一股强大的高温熔岩，雪峰山才会在重力失衡后，瞬间炸裂消逝。

如今，那熔岩没了山体的压制，受力部分的地表定然松薄，一定会随时爆发，半个时辰前的地动，就是个先兆。如今南部的冰面融化，自然是局部的地温急速上升所致。

如此天寒地冻的环境下，除了那股熔岩在蓄势待发，德克实在想不出其他原因。

德克分析到这儿，猪大篷率先领悟："对对，就像昨夜，德克用砾石二次击穿刚刚结冰的冰窟窿一样，如果经常去击穿，那窟窿就永远是一个窟窿，冻不结实了。"

众人这才纷纷点头，表示理解了熔岩爆发的原理。

猪大篷又举着一只蹄子提问："只是听您讲了半天，这次熔岩爆发起来，会有什么后果呢？"

德克并没有开口明示，只是从案台上缓缓拿起鹅毛笔，在墨汁中蘸了蘸，来到祈令石前，专心写道：四季如夏……德克想要再写点什么，却迟迟落不下笔去。

"四季如夏"的字样，也顷刻由深变浅，隐入石中。

德克谦谦一笑，身为乌鸦大师的临时传人，自己的道行还是差了些，达不到去随心所欲施发乌鸦令的水平。

无论如何，至少这次的熔岩爆发，只会给大立方洲带来"四季如夏"的后果。

哎……稍等，什么？四季如夏！

德克并没有去责怪这群疯子接下来的鬼哭狼嚎，上蹿下跳，打滚竖蜻蜓。对于目前饥寒交迫的动物们来说，一句"四季如夏"的乌鸦令，的确不亚于"时来运转、三生有幸、鸿运当头、逢凶化吉……他乡遇故知、祖坟上冒青烟"什么的。

可谓人欢无好事，诸位的祖坟上冒没冒青烟不知道，很快，乌鸦洞的地面上就冒出了青烟，伴随着还传出了"轰……轰隆……轰隆隆……"的连声巨响，宛如天崩地裂。

乌鸦洞内瞬间石案翻滚，器具横飞，乱作了一团。

十、大立方洲的夏天

1

众人哪里还顾得上狂欢，赶紧相互搀扶着，奋力朝晃动的门口跑去。

德克留在队伍最后，好不容易，从墙角的浓尘中寻到小鸽子。骨冠龙动作何其敏捷，就在洞顶巨石砸下的一瞬间，德克已双手抱紧乌鸦，一个跟头翻出了洞口。

只是洞外也不安全。

空中不时落下燃烧的碎石，空气中弥漫着呛人的气息，大家吐着舌头，像一群无头的苍蝇，眼瞅着天空四下躲避。

危急关头，就听到德克大吼一声"往北面的森林里跑"，大家这才跟着德克的身影撒腿追去。

足足跑了个把时辰，头顶上的火石雨才渐渐稀疏，空气也清新了不少。

再跑几十步，众人纷纷钻到一棵婆娑的古树下，已然个个筋疲力竭，瘫坐在地上大口喘着粗气。

"什么四……四季……如……如夏，"趴了半天，猪大篷率先缓过气来，不停拿四只猪蹄子抹着被熏黑的花脸，"德克大师，您的乌鸦令……不是如夏啊，应该是惊吓吧？"

见德克沉默不语，公鸡赶紧站起来打着圆场："大篷，你要换位思考……"

肥猪哪里会等公鸡说完，干脆暴跳如雷起来："思考什么思考，老猪差点被烧烤了！"

猪大篷笨是笨了点，但也不是傻瓜，知道自己有再大的怨气，面对一条骨冠龙，还是要尽量克制。

如果换成一只脱了毛的公鸡，那就另当别论了。

捏软柿子，毕竟不是聪明人的专利。

光明倒是一只明白事理的公鸡，懂得进退，脸上依然堆着笑，劝说肥猪："你这猪头，让你换位思考，你这是要换位撕咬啊。刚才虽然凶险，但你是不是感觉不那么冷了？有没有？"

公鸡把一对儿鸡翅膀一摊，环视了一下大家。

狼狗和鼹鼠知道，公鸡是为了缓和气氛，赶紧应声道："有，有，暖和多了。"

其实，任谁像狗撵兔子这般，一口气跑上三五十里地，都得汗流浃背，暖和多了倒是事实。

肥猪刚才因惊吓过度，才怨气十足，时间一过，知道自己有些言重，内心本就生了歉意，现在见有了台阶，也赶紧随声附和："是暖和多了，德克，确实有了些夏天的感觉，乌鸦令还真是灵验，四季如夏，真是要四季如夏了。"

动物们个个惊魂未定，气氛却又开始热烈起来。

德克微笑着点点头，并没有多说什么，只是用心瞅了瞅身边的这棵古树。

德克觉得这棵大树有些眼熟，等看到怀里的小鸽子，就彻底回忆了起来。这棵威猛的古树，正是小鸽子孵化前的住处，虽说比那日更加粗壮，更加高大了些，但自己留在树干上的抓痕却没有隐去。

德克戳戳小鸽子的额头，又指指古树："丫头，这就是你的老家。"

小家伙斜斜眼睛，苦着小脸，半信半疑："不会吧，我的老家……只是一棵树？"

"没错，"德克手打凉棚，仰头寻找着，然后一指，"就是在那个树杈上，当时，有一个树枝插成的碗，碗里有一颗拇指大小的，灰不溜秋的圆圆的石子。"

身世可不容马虎，小鸽子赶紧严肃地纠正："德克哥哥，那不是碗，那叫鸟窝。里面也不是什么圆石子，那叫鸟蛋。"

"一定要相信大人的话，碗就是碗，石子就是石子，"猪大篷本就不明就里，只是为了弥补刚才的不敬，才主动过来为德克辩解，"小乌鸦，你现在还小，还不懂事，等你长成一只大乌鸦……"

"乌鸦嘴"既然能够名垂青史，自然不是一盏省油的灯。

小妮子用力瞪了一眼白沫四溢的猪嘴巴："猪大篷先生，我现在有名字了，希望你以后不要再小乌鸦大乌鸦地叫我了，我的名字叫小鸽子。"

猪大篷实在不应该在"乌鸦嘴"义正严辞的时候，去捧着肚子哈哈嘲笑。

小鸽子澄澈的双眼，突然变得红如残阳，嘴巴里念叨起一些谁也听不懂的咒语。

稍过片刻，狼犬金虎首先"啊"了一声，他看见一道白光直冲向大篷的猪嘴。

一切都发生得快如闪电，等大家回过神来，大篷那张长长的猪嘴，已经被一条钢圈缠了个结实。

公鸡和鼹鼠几乎同时望向了德克，这的确是戴在德克脖子上的那根金刚筷子。

德克急忙捏紧了小鸽子的尖嘴儿，让她再也发不出任何声息。

说来奇怪，那根一直绕在德克脖子上的金刚筷子，不但转眼变成了捆绑猪嘴的笼套，还随着小鸽子的念叨，越收越紧，一副大好的猪嘴，眼瞅着就被勒成了火腿。

猪大篷即使痛彻骨髓，也只能干哼哼，想这细皮嫩肉的村长公子，哪里吃过这等憋屈苦头，一把眼泪一把鼻涕的，都快流到裤腰了。

德克稍稍撒开小鸽子的鸟嘴，喝令她立刻念咒给大篷松绑。

"记住了，以后不要再叫我乌鸦了，我叫小鸽子。"乌鸦红着眼睛吼道，"听到了没有？大肥猪！"

大篷哪敢慢待，强忍剧疼，拼尽全力点着猪头，以示诚心可嘉。

小鸽子依然不急不躁，仰首对着德克撇嘴一笑："德克哥哥，其实你刚才不用撒手，我也能给他松绑。"

原来，小鸽子松绑的确不需要口令，她只是拿一只爪子，指了指自己的小尖嘴儿，筷子便瞬间脱落。

德克再看那只乌鸦血红的双眼，已然澄澈如水，恢复了常态。

2

大立方洲的气候开始极速升温，变得越来越热。

王子湖的湖面上，早已碧波荡漾，看不到丁点残冰。

大洲四周的崖壁上，也不再冰洁一片，到处是黑乎乎的岩石。

格格森林地面上的霜雪，更是迅速消弥，化成了一个一个的小水洼，大块大块的土地一下子裸露出来，像生锈了一样。

小鸽子迟迟不去回答德克的问话。

连日来，任凭这只恐龙如何威逼利诱，小妮子总是顾左右而言他。

一提到那只被作过法的金刚筷子，小鸽子就拿做梦来搪塞，德克知道，那绝对不是一场梦。

德克还发现了一个秘密，勒猪事件发生后，小鸽子全身上下，居然迅速长齐了黑色的羽毛，只是她一直拿白鹅的酒囊外套作着掩护，自己才大意了。

一只长齐羽毛的小鸟，就已经不是一只小鸟了，她至少应该学会了飞翔。

"小鸽子，你到底还有什么事情瞒着我们？"德克隆重地把大家召集过来，用审问的语气对着乌鸦说。

"我……我，没有……"乌鸦低着头，很习惯地又要去拔自己身上的羽毛，却被德克一爪子拍掉，"我只是不喜欢自己这些黑色的羽毛……"

"你拔掉自己的羽毛，到底是为了隐瞒什么？"德克一改往日的柔和，现场每个人，都感受到了他对这件事情的重视，"还有那根筷子，你怎么能够对金刚法器施法，你与那只金刚鸦是什么关系？你到底是不是他的女儿？"

德克问到这儿，自己也感觉有点好笑。

这只巴掌大的小鸟，怎么会是金刚鸦的血亲。

《禽经》明确记载：金刚鸦未孵其卵，十里之内便先闻其声，蛇虫猛兽均悉数避退。幼鸟破壳，即能翱翔万里，且喜欢追风逐日，非毒虺巨鳄而不食。

"我是小鸽子，我除了是你的小妹妹，我什么也不是啊。"小鸽子吹了吹粘在爪子上的绒毛，甜甜一笑，"德克哥哥，我都说几遍了，那些咒语是我做梦梦到的，我也不知道，自己怎么就能指挥动一根筷子，什么金刚鸦，我要做一只雪白而柔软的小鸽子，鬼才去做一只黑毛乌鸦，噢，金刚毛的我也不稀罕。"

小鸽子说到最后，竟朝肥猪故意呶了呶嘴。

直吓得大篷赶紧去护住自己的嘴巴子，大气都不敢出一声。

骨冠龙反复咬着下嘴唇。他很少用到这个动作，除非在做一个非常艰难的抉择。

"你永远都是一只乌鸦，"恐龙德克缓缓抬起头，"做一只乌鸦并不丢人，只要你的内心良善，目光清澈，你做什么都行。"

德克已然做好了最终的决定，只是突然莫名地心痛起来。

格格森林里有着一条雷打不动的戒律，除了乌鸦大师的乌鸦令，绝不允许其他的通灵法术存在。这条戒律作为大立方洲的立世之本，乌鸦大师从来都会教育子弟明令禁止，一代一代传了下来，亘古不违。

"小……小鸽子，你身怀邪术，必须要离开格格森林，离开王子湖，离开大立方洲，永世不得再踏入这块水土半步。"德克说着，已然背过身去，不去触碰乌鸦的眼神，无论它是血红还是澄澈，"否则，你就是乌鸦大师的敌人，是恐龙一族的世仇，人人得而诛之。"

小鸽子的笑容渐渐变得僵硬起来。

几十度的高温下，小鸽子感觉越听越冷："德克大师，我都跟您解释得很清楚了……您法力高深，应该早就预测到今日之事，既然如此坚决地赶我走，当初为什么要把我从那棵古树上取下来，为什么要孵化我，为什么要一次又一次冒着生命危险去救我？您做了一名乌鸦大师，就不能做我的德克哥哥了吗？"

德克用力咬咬嘴唇。

小傻瓜，我首先是你的德克哥哥，然后才是其他。

"我首先是守卫格格森林的乌鸦大师，然后才是其他。"德克头也没回，违心地说道，"大立方洲容不下歪门邪道，你赶紧离开吧。"

乌鸦沉默良久，突然一声惨叫："你们这些冷血的家伙。"乌鸦的眼睛再次越变越红，声如鬼魅，"我长不成你们希望的样子，并不意味着我不清醒，不理智，你们个个清醒，但你们理智吗？"

肥猪眼见乌鸦凶相毕露，担心其他众人也如自己那般深受其害，居然硬着头皮走上前去用心规劝："小鸽子，小鸽子，你一定要冷静啊，小鸽子，什么事都好商量，小鸽子，冲动是魔鬼……"

乌鸦听到那一声一声的小鸽子，果然稍稍安定了下来。

乌鸦望着德克紧攥的双拳，躬起的身形，知道刚才自己如若造次，这位昔日对自己怜爱有加的德克哥哥，一定会为了他的格格森林，为了他的族人，为了他的朋友，跟自己拼个你死我活。

乌鸦冷冷一笑，轻声说道："冲动不是魔鬼，你们才是。"

伴随一声长啸，只见小乌鸦奋力展开一双黑翼，迎头扎进了茫茫的苍穹。

德克杵在原地，双拳久久没有松开，身躯也久久地躬着。

众人互相施着眼色，谁也不知道应该上前说点什么。

直到鼹鼠实在忍耐不住，轻轻靠了过去。

鼹鼠听到，德克嘴巴里正在有节奏地念叨着，那应该是一些诗词。

鼹鼠王子自小也读过不少书，却从不卖弄，他挺瞧不上那些张口闭口"白日依山尽，粒粒皆辛苦，鹅鹅鹅"什么的孩子。

尤其现在，吵架就是吵架，背诗那是挨先生板子之前的事。

小王子全然不知，德克嘴里念的并非什么诗词，那是《乌鸦令辞》中一首古老的福咒。

他在为她祈祷。

3

夏天就是夏天，气温和气氛一点都不马虎。

太阳没毒辣几天，格格森林就彻底热闹起来。

花草树木日夜疯长。所有冬眠的恐龙都爬出地面，大口大口吞食着头顶的绿叶或脚下的青草。几只早吃饱的，自然是些上了年纪的，他们彼此打着招呼，交流着冬眠时梦到的情景事物。

那些梦境个个优美动人，大家便相互帮忙论证，哪些在现实里发生过，哪些又是臆想。

年轻恐龙们就没有回忆和聊天的兴致，他们正围着一条狼狗、一只公鸡和一头肥猪，仔细研究，这些只有书本上才出现过的陌生动物。

的确难得，一眨眼就有如此齐全的实物标本，可惜语言不通，交流起来打了折扣。

会爬树的鼹鼠为了免受其扰，就陪着德克坐在黄粱树最高的树杈上看云彩。

黄梁树复苏得尤其茂盛。

这棵曾经承载过乌鸦窝和乌鸦蛋的苍劲古树，德克对照着它速生的叶子、花朵、果实，几乎翻遍了幸存的所有书籍，才在一本被熔岩毁掉大半的《本草经》中寻到了它的名字。

对，黄梁树。

德克还读到，黄梁树又称团花树，在整片格格森林中，算是生长最为迅速的一棵千年古树。经书所指的最为迅速，是真的迅速。

"日生一丈干，夜展百头枝"，《本草经》里有云。

然而，此时德克的精力却完全没放在这棵神奇的古树上，德克正在目不转睛地望着远方的云彩。

远方的确有一朵云彩。

"大师……"望了半天，德克突然起身疯了似地大叫，"白鹅大师！"

鼹鼠心想，这只骨冠龙不会是受不了挫折真变疯了吧？

在这么高的树杈子上手舞足蹈，还对着云彩喊什么白鹅，什么大师。

什么白鹅大师，连颜色都不对，那不过是一朵花里胡哨的云彩而已。

的确有一朵七色云彩，正掠过格格森林的树顶，徐徐飘来。

十一、燃烧的黄梁树

1

其实也没过多长时间，鼹鼠竟也跟着德克疯叫了起来。

"白鹅大师，白鹅大师！"

没错，那一朵徐徐飘来的七色云彩上，正站着一只白鹅。

再近前几十米，鼹鼠看得更为真切。那朵所谓的云彩，竟是一个大号的酒囊，那斑斓的颜色，却是一些木柴燃烧发出的轻烟，"云彩"下面挂着一只大号的木碗。

白鹅正手举着火把，站在木碗里左右摇晃。

"拉住我，拉住，拉住……"白鹅大师飘得越来越近，很不淡定地放声求助。

待到近前德克二位才发现，这团"云彩"移动的速度并不缓慢，双方呼来喊去，眼看就要擦肩而过了。

说时迟那时快，木碗经过黄梁树的一瞬间，德克双脚扣住树干，身躯尽量探出，一只手搭上碗边，另一只手用力攀住白鹅的细长脖子，"嘿"的一声，白鹅大师便成功从不明飞行物中被"薅"了出来。

总算平安落地。

大师毕竟见识过大世面，向来临危不惧处事不惊，草草确认了一下自己没有变成烧鹅，立马就恢复了往日的端庄。

德克赶紧松手，手忙脚乱，替大师梳理着脖子上的鹅毛。

无奈德克刚才用力过猛，大师雪白的脖子上明显秃了一圈。

所有冬眠后的恐龙，并不知道，眼前的秃脖子白鹅是蟒蛇大师幻化而来，依然认为这是几年前犯了禁忌、私自出走的那位过了气的乌鸦大师。

任凭德克如何召唤，恐龙们依然我行我素，吃东西的吃东西，聊天的聊天，研究标本的研究标本，很是投入。

纵有几只热心肠的，也只是上前来打探蟒蛇大师的下落。

被晾在一边的白鹅，倒是看不出什么尴尬，只是从容不迫地抚摸着脖子。

"老鼠！"突然听到那只刚要跟白鹅打招呼的小鼠龙喊道，他一定是看到了躲在白鹅大师身后的鼹鼠王子。

没等德克开口解释，不远处又传来了更多恐龙的惊叫：

"老鼠！"

"好多老鼠！"

"好多带了兵器的老鼠！"

"好多带了兵器的死老鼠！"

德克不禁纳闷起来，格格森林里，像老鼠的，就这一只鼹鼠啊，也没带兵器啊，而且活得好好的啊。

德克正在迷惑间，却看见狼犬金虎呼哧呼哧跑了过来，附在自己耳边悄悄禀报："刚才我过去检查了一下，是些全副武装的死老鼠，一共十多只，看武装配备，应该是那晚夜袭我们的鼠兵。"见德克越发糊涂，金虎赶紧解释，"都是淹死的，漂在王子湖里，被风浪冲到了岸上。"

德克这才想起，那天晚上鼠兵们回撤上岸，再快也要一天一夜的脚程，肯定没有赶在王子湖融化之前，除了这被冲回来的十多只，估计其他的耗子也凶多吉少。

德克走到白鹅身边，打算详细询问一下他这段时间去了哪里，顺便描述一下那晚与鼠兵们的对决。

白鹅却摆摆翅膀，说之前发生的一切，自己早已清清楚楚。

不愧为格格森林里能够知天洞地的乌鸦大师。

"老夫是站在热气囊上看到的这一切，"白鹅大师坦白地说。

原来，那朵差点要了白鹅老命的"七色云彩"，叫作热气囊。

"那晚你们出去迎敌，我知道按照德克的战术，老鼠们很难越过防线，时间一久，受不了严寒，他们必然回撤。老鼠虽然撤退了，但会留下你们看不见的危险，他们会留下一种毒，让你们生病的毒。耗子身上的病毒，叫作鼠疫。"

病毒？

鼠疫？

没听说过。

无论早早围过来的狼犬金虎，肥猪大篷，公鸡光明，鼹鼠王子，还是后来陆陆续续赶到的各类恐龙，大家纷纷摇着脑袋。

的确，从来没有一本书里提到过什么病毒，什么鼠疫。

"你们自然没有听说过，没有人会记录这些，也没有人会提起这些，太恐怖了。"白鹅大师见听众越聚越多，干脆倚着身后的黄梁树干，坐了下来，还不知从哪里摸出一只小酒囊，悠然地抿了一口。

白鹅大师似乎总有摸不完的大大小小的酒囊，里面总有抿不完的残酒。

现场却没人去关心大师的这些生活琐碎，大家只是好奇白鹅嘴里的"病毒"。

"大师，那些病毒，快说来听听。"

"大师说来听听。"

"大师……"

每一只动物都在极力催促着，怂恿着，恳求着。

白鹅大师也只是卖了几口酒的关子，就开始娓娓道来。

2

白鹅说，几乎生活在沙漠里的所有动物，都会携带"病毒"。

除了刚才的鼠疫，还有狗身上的狂犬病，鸡身上的禽流感，猪身上的猪瘟，加上各类牲口携带的疯牛病、口蹄疫等等，举不胜举，而且每一种"病毒"，传播能力都非常强大，足以在短短的时间里，令感染者伤亡惨重。

动物们无不闻之色变，现场迅速变得鸦雀无声。

当年，大立方洲被誉为圣水圣地，并非只是因为王子湖有多清，格格森林有多绿，而是世代生活在大立方洲上的恐龙一族，身上却从不携带任何病毒。

沙漠动物们为了保存这唯一的一方净土，也为了自己能喝上最为纯净的泉水，这才集体立下重誓，要求身后子孙，永世不得踏入大洲一步。

恐龙先祖为了守住清白，也立下了盟约，凡恐龙家族任何一只，绝不准离开洲土，不准染指湖水。

白鹅说到这儿，就轻轻叹了一口气。

恐龙们心知肚明，阴差阳错间，这些信守了亿万年的金规玉律，早已被现场各位冲击得支离破碎，不成体统了。

"老夫倒是从一本古书上，学了些利用黄粱树杀毒防疫的法子，这才死马当作活马医。"白鹅比划着，说自己剪开了几乎所有的酒囊，缝补成那个大号飞囊，凑齐了红橙黄绿青蓝紫七色团花，做成药捻火炬，飞囊受热升腾，药烟随之漫布大洲上空，但愿这个方法能够清除本次鼠疫的污染。

大家这才幡然醒悟。

原来所谓的污染，并不仅仅局囿于湖水和土地，还有大家看不见摸不着的空气啊。

猪公子身为猪瘟载体，面对恐龙们投来的异样的目光，心虚之下自然想转转话题，化解化解矛盾。

猪大篷摆了摆猪蹄子，便开口问道："白鹅大师，您又不是不会飞，还浪费什么酒囊啊，带着火把上天飞几圈不就得了？"

且不说让一只上了年纪的老白鹅，衔着火把升空，危险系数有多大，单说白鹅大师为了惩戒自己收徒不慎，曾发下毒咒，余生不能再沐浴阳光，否则就让大立方洲沉沦，格格森林覆灭，王子湖干竭，这些糗事基本上算是众所周知了。

白鹅犯此前科，行事便处处小心，提防被别人抓了把柄。

想必此次"补飞囊遮日头"进行高空作业，就是出于类似的顾虑。

结果，白鹅的这块小伤疤，却被猪大篷一嘴巴子拱开。

"您不是一直教导我们，要绿色出行吗？大师。"

又拱了一下。

"您还天天说要节约物资……"

背靠大树的白鹅，身子骨明显有点儿虚脱。

旁边的公鸡实在于心不忍，想想我们敬爱的白鹅大师，心里一直系着动物们的安危，在天空中孤零零地飘了几天几夜，没冻死，没饿死，没寂寞死，也没被烧死，末了却要被你这个呆货给一嘴一嘴地拱死，岂不是冤枉大了。

公鸡也没废话，直接指了指德克脖子上的项圈，做了个系扣的动作，再比划着套在了肥猪的嘴巴子上。

猪公子顿时感觉周身僵硬，鬃毛一根一根地竖了起来，两只眼睛也大而无神，呼吸急促，大汗淋漓……这是明显的过敏症

状啊。

即使没有小乌鸦的收缩咒语，这根筷子也变成了猪大篷毕生的阴影。

"小乌鸦呢？"白鹅大师看到肥猪的反应，突然问道。

看到德克打了个冷颤，白鹅似乎预感到了什么，不由加重了语气："小乌鸦哪里去了？"

结果不出片刻，德克就享受到了此生最猛烈的一场洗礼。

对，洗……礼。

一条恐龙，被一只白鹅，喷着口水骂了个狗血喷头。

3

太阳似乎比平日里早落了几个时辰，月亮星星都没来得及挂上天空。

白鹅大师还在气得七窍生烟，德克在一遍一遍地抹脸。

等到白鹅的怒火稍稍平息了，围观的小伙伴和恐龙们也基本散尽了，天色已经变得一团漆黑，伸手不见五指。

"师父，小乌鸦真的是一只金刚鸦吗？"德克讨着好，给白鹅大师摸黑寻到摔在地上的酒囊，捧在怀里，怯怯地问，"但《禽经》上说的金刚鸦，与那丫头半点也不像啊，说什么未孵先声，追风逐日，食虺吞鳄……小乌鸦哪里有那些能耐啊。"

"你个书呆子，老夫让你多读书，是让你往傻瓜群里钻的吗？"白鹅大师用火石点燃一枝木柴插在地上，然后一把夺过酒囊，"咕咚"咽了一口。"书上描述得再神奇，那金刚鸦也是一只乌鸦而已，文人操弄的那些文字游戏，你还真当天理了。"

白鹅说着一拍身后的黄梁树。

"《本草经》上白纸黑字写着，黄梁树每天会长出一丈多高，这棵树从年轮上来数至少活了五百年，你若迷信，那你来给我算算，这五百年里它应该长多高。"

德克自诩数学成绩过硬，寻了半截树枝就要在地上划拉。

却被白鹅大师一翅膀扇飞："老夫替你算好了，能长一千多里。这一千里，就算平地上你也得跑三天三夜，那你来说，今天爬上树顶，你费了多长时间？"

"足有……半刻钟……"

"那金刚鸦还需不需要一出生就有那些能耐？蠢蛋！"白鹅又狠狠地灌了自己一口。

老头儿实在有点不胜酒力，嘴巴里似乎在吐着一些涣漫不清的醉话，"……真正的乌鸦令……一定要用……金乌羽……嵌入乌师牙……沾着乌贼墨……飞到乌云上……书写……"

德克哪里还顾得上去辨听，赶紧就地找些干枝树叶铺好，把白鹅大师缓缓放倒，然后自怀里掏出一件衣袍，盖在师父身上。

衣袍正是那日小乌鸦离开前，愤愤丢在自己脚下的。

"你到底是谁？小鸽子……乌鸦……金刚鸦……"

德克喃喃了几句，便依偎在白鹅身边，进入了梦乡。

十二、森林下的黑洞

1

恐龙们从未经历过杀戮，见不得血腥，鼠兵们的尸体便全由金虎几个打捞上来，收集在一起。

如何掩埋却是要来请教白鹅大师。

乌鸦洞里，白鹅大师正在忙他自己的活儿。德克在帮大师用金刚筷子锯竹筒和黄梁树的木屑，大师就往一截截的竹筒里塞木屑。

狼犬金虎刚刚问到鼠族墓地的事儿。

"龙骨涧是不能埋的，那儿世世代代，都只是恐龙先人们的安息之处。"白鹅盯着手里的家什，头都没抬，"你们就去背面的断崖下找个下风口，架点黄梁树的柴火，把他们火葬了吧。"

白鹅大师说完，又从怀里掏出一本发黄的薄书，递给德克。

"你也一起去，从《乌鸦令辞》中找到那句安心咒，帮他们消消身上的孽障。"

大师慈悲，对逝者尊敬。

但德克对于耗子们的恶劣品行却是极为不齿，即使上天给予他们最为严厉的惩罚，依然难消自己的怨愤之气："大师，那些脏心烂肺的家伙，怎么能埋在大立方洲上呢？恐龙的灵魂会受到污染的。"

白鹅大师并没有收手，只是保持着递书的姿势，扭头盯着德克，目光不愠不火，什么也没说。

德克终于熬不过大师的眼神，抓过《乌鸦令辞》，把金刚圈往狗脖子上一套，就"牵"着金虎去了湖边。

这条多嘴的事儿狗。

一切按白鹅大师的吩咐处理完毕，德克草草念完咒语，又想起白鹅大师的反复叮嘱，务必要找个深一些的地洞，把这些病毒传播者进行深埋处理。

德克便带领大家在崖头上搜寻起来。

没一会儿，鼹鼠吊在树梢上荡来荡去，指着下面的崖壁喊着："那儿，那儿，悬崖那儿有个黑洞。"

众人趴在崖头上伸长脖子用力往下探去，并没发现什么黑洞。

"这家伙鼠目寸光的，靠谱吗？"猪大篷收回猪头，疑神疑鬼地嘟囔。

但鼹鼠坚持那儿有一个黑洞，只是大家的视线被探出的岩石给挡住了。

大家只好权且相信鼹鼠小王子的视力，毕竟没人能像他一样身轻如燕。

德克目测了一下鼹鼠所指之处，离脚下的地面总有几丈远的垂直距离，却与王子湖的水面不远，顶多高出鼹鼠的三五个身形。

德克扭头一看，发现此地离大立方洲最北面的门户很近，于是吩咐大家取来蒲叶把耗子们的骨灰包裹好，用麻绳捆个结实。

留下鼹鼠吊在树梢上作为向标，其余众人便与德克一起自岔道口爬下，再推倒木栅栏用藤条拴绑成木筏，沿着王子湖的边缘，朝鼹鼠指示的方位划去。

那的确是一个黑洞。

一个很大的黑洞。大到以德克的身形，在里面行走竟然能够直立无阻。

德克入洞便摸出一只竹筒，击打几下火石，点燃里面的木屑。那竹筒不一会儿便窜出了微弱的火苗，还伴着一股浓郁的清香。

"哦，原来白鹅大师一直在做火把啊。"

"还是美味火把。"

"是香烛吧……"

德克身后的伙伴们小声猜测。

只有德克一言不发，全神贯注地在前面带队。

大约深入洞口十多米处，就出现了一片稍微宽阔的空地，德克跺跺脚下，嗯，是松土。小伙伴们各自掏出竹铲，开始动工。

不到一袋烟的工夫，一座新坟便筑好了。

几个志愿者不约而同地静立默哀，凄然感叹。

仿佛土里埋着的，并非是一群生性残暴又陌生的仇敌，而是一个个久未谋面却熟悉的老友，他们至少曾经是一个个鲜活的生命，大家生活在同一片蓝天下，喝着同一条河里的泉水，脚下踩着同一片泥土或者沙地……

"是谁！"这种气氛下，金虎的一声狂叫，差点把几个同伴吓尿裤子。

狼狗显然也觉查到了自己的失态，于是压低嗓音，重新又喊了一遍。不过无意中夹带了一点点儿的颤音，听上去就更加阴森恐怖。

"谁在那儿哭？"德克高举着火烛，朝着黑洞更深处问道。

2

狼犬的夜视能力果然超群。

火光中刚刚现出一只小小的黑影，大家就听见金虎的一声狗叫："小乌鸦！"

"不是小乌鸦。"刚才还趴在地上筛糠的肥猪，突然很决绝地站起身子，纠正道，"是小鸽子。人家有名字的，叫小鸽子。"

德克直勾勾地望着徐徐靠近的小黑影，呆若木鸡。

小鸽子已经近在咫尺，烛光下仰起的小脸上满是泪水，哽咽声越来越小，身体却一鼓一鼓抽动得厉害，像一只受了天大冤屈的蛤蟆。

德克咬咬嘴唇，嗡声问道："你就……一直……躲在……这里？"

小鸽子用力地点点头，哭声也大了起来。

"怎么能这样！"猪大篷正义凛然地在站到德克身后，有些愤怒，"一个小姑娘家，怎么能够独自住在这么简陋的环境里，太欺负人了。"

猪大篷只顾得为别人打抱不平，却全然忘记了自己一周来的风餐露宿，可是比这个山洞里简陋多了。

"德克哥哥……"乌鸦只是怯怯地望着头顶上的那张脸，委屈兮兮地哀求，"那天是我不好，我不应该任性，不应该拴猪大篷的嘴，不应该说那些绝情的话，你原谅我好不好，不要赶我走了好不好？德克哥哥……呜呜……我好想你们……"

德克一手拍了拍乌鸦的小脑袋，一手端着火烛，前后上下打量着她，像是丢了什么东西。

"喂，别哭了。"德克把脸色一沉，心想千万别被这家伙的表演给软化了，她身上的疑点还密密麻麻呢。

但是联想到白鹅大师的臭骂，德克还是心有余悸，赶紧关心了一句："你跟以前不一样了……"

小鸽子立马停止了哭泣，低下脑袋瞅瞅自己的翅膀，爪子，尾巴，里里外外的羽毛……

德克眼见这招奏效，便拿食指比划了一下，继续说道："你比那时的脸更胖了一些，嗯……还有了尾巴。"

有没有尾巴倒不重要。

一听说自己的脸比以前胖了些，小姑娘哪里还顾得上抹眼泪卖乖，用两只翅膀不停拍着自己的腮帮子，对着每个人问："我胖了吗？胖了吗？怎么会胖呢，吃得也不多呀，怎么会胖呢？"

其他人只是笑而不答，唯有猪大篷看得真切，小鸽子几天不见，脸胖没胖不是很明显，脖子却瘦成了牙签。

肥猪胸口一酸，不由又犯了补刀的老毛病，苦口婆心地劝道："德克呀，我不得不说你一句。你一个大老爷们儿，怎么净跟人家一个小姑娘过不去啊，有意思吗？这么大一块大立方洲，这么大一座王子湖，这么大一片格格森林，你们连十几只死耗子都能容得下，难道就容不下一只小小的小乌……小鸽子吗？再说啦，人家怎么啦，人家不就是玩了玩你德克大人的一根破筷子吗？为了一根筷子，你至于对人家赶尽杀绝吗？至于对人家斩草除根吗，至于对人家落井下石吗？至于……嘤嘤嘤嘤……"

德克倒是哑口无言，心想，这是说我一句吗？加上后面的"嘤嘤嘤嘤"都能当我妈了。再说了，当时这只乌鸦玩筷子，是差点把谁玩死啊？

公鸡实在受不了肥猪的啰嗦，在旁边大声喝止："你排比就排比，娘们滴滴地哭什么？"

"我没哭啊。"肥猪伸出两只蹄子抹抹眼角，向公鸡展示，的确没哭。

大家相互望了望，再集体望向摇头晃脑的小鸽子。

的确，没人在哭。

但是"嘤嘤"之声依然不绝于耳。

"是谁！"又是狼狗，又是一声狂叫。

又差点把几个同伴吓尿裤子。

3

是一只老鼠！

"嘤嘤嘤嘤"哭得正凶的，竟然是一只全副武装的灰毛老鼠。

在竹筒火烛的帮助下，德克他们很快寻找到了蜷缩在墙角的哭声源头。虽然出乎了所有人的意料，但大家面对一只老鼠，还是表现出了最基本的轻蔑。

尤其金虎，两只前爪插在裤兜里，只拿后爪踢了踢对方："喂喂，你先节哀。哪儿钻出来的，上坟有点早吧，这刚埋上。"

"你们这群凶手！"小耗子倒是有点骨气。

德克听到对方沙哑的低吼，突然想起鼠兵进攻那晚，领头的鼠将就是这个嗓音。

"原来，你还是个主犯，"德克蹲下身子，把火烛往前凑了凑，"我们倒是想当一回凶手，可惜你们鼠族私毁盟约，进犯圣地，天理不容，遭了天谴，还需要我们亲自动手吗？"

"别再假仁假义了。"老鼠不知受了什么重伤，有点上气不接下气，却不是因为恐惧，这家伙一直临危不惧，"盟约是你们的盟约，我鼠族建国立业，不足十年，那些上古时代的陈约旧誓，与我们何干！"

德克开始有些迷茫，刚才浓郁的不屑，竟然在渐渐消褪。

德克从没想过，一只老鼠的嘴巴里，也能吐出如此浩然之气。

小鸽子蹭到德克跟前，支支吾吾说道："德克哥哥，小瓶子……噢，就是这只大老鼠，他应该不是坏人，他还救过我。那天，我饿得头晕眼花，一头栽进王子湖里，是他游过去，把我救了上来，他的腿还受了伤……德克哥哥，你能不能……不要杀他？"

小鸽子哭丧着脸，可怜巴巴地望着德克。

又来这套。

什么瓶子罐子的，主犯还没审完呢。

德克一把拨开乌鸦："你们本是受了鼹鼠贵族的救济，才有了安身立命之地，为什么要恩将仇报，戕害自己的恩人。你们现在居住的鼠王国，敢说不是从鼹鼠王室手中抢夺过来的吗？"

想到鼹鼠王子一家的遭遇，德克的心迅速僵硬了起来。

"恩人？"这只老鼠倒也刚烈，一口浓痰差点"呸"到德克脸上。

德克悻悻地往后挪了挪，警告完耗子，不能随地吐痰，就耐心听他的控诉。

灰毛老鼠说，当年，鼹鼠王室的确收留了老鼠们一家。

但是，自从进入鼹鼠王国那一天，为了报恩，老鼠就教育子女，咱们老鼠来到这儿，就是干活儿的，不是享福的。

老鼠们根据鼹鼠贵族的喜好，穿凿出了无数眼甘甜的泉井，建造起了高大雄伟的围墙和金碧辉煌的宫殿，老鼠们还主动在水榭楼台边上，种满了花果园林。

当时，鼹鼠王国，一度变成了沙漠里最为富庶、最为美丽的王国。

小瓶子……噢，我们就暂且相信小乌鸦，这只老鼠的名字叫作小瓶子吧。小瓶子说到这儿，扫了扫大家的脸色。

很显然，每个人脸上的冰霜都在融化，即使没有笑容。

"鼹鼠们开始变得骄横，他们习惯了花天酒地，莺歌燕舞，他们觉得老鼠们天生下贱，动不动就呼来喝去，不顺心了就棍棒相加。"小瓶子歇了片刻，接着说。

他说，老鼠们每天起早贪黑，干着最重的体力活儿，吃着跟垃圾一样的食物，喝着浑浊不堪的脏水，住着枯枝腐叶搭建的破房子，日复一日，年复一年。

最为严重的是，为了打压老鼠，鼹鼠们规定，老鼠的孩子不能上学。

老鼠便一代代的没有知识，没有文化，年轻的老鼠们变得越来越野蛮，越来越狂躁。

终于有一天，那是冬天里一个很大的节日，鼹鼠们正欢聚在温暖的城堡里，有说有笑，有吃有喝。老鼠家长贴在门前，要求子女们禁出大门的戒令，被当作废纸踩在了脚下。每一只年轻老鼠的眼睛里，只剩了仇恨，只剩了怒火，他们手里握着干活的工具，冲进自己亲手建造的宫殿里，冲向了那些自己亲手种出的美食和自己亲手挖出的泉水……

灰毛老鼠停顿下来，又扫了扫大家的脸色，所有听众，都屏住了呼吸。

"你们想错了，"小瓶子最后说，"老鼠们并没有去伤害一只鼹鼠，即使自己的父母被折磨得体无完肤，自己的孩子冻饿得奄奄一息。老鼠们也只是暂时赶跑了鼹鼠，拿回了一点能够填饱肚子的粮食。"

德克几个久久没有吭声。

黑洞里仿佛充满了浓雾，连烛光都在变得模糊。

鼹鼠不应该天生就是干净儒雅高尚的吗？老鼠不应该天生就是肮脏猥琐低俗的吗？他们的形象，不应该天生就是善恶分明，黑白立断的吗？

怎么会模糊不清呢？

"嗯……怎么说，"金虎早已把两只前爪从裤兜里缩了回来，抱在胸前，还轻轻咳了一声，"嗯，怎么说，也不能为了一口粮食，就不顾形象……"

小瓶子幽幽叹了口气："没了吃的，你们一个个，未必比老鼠体面。"

大家闻听此言，却没有一个试图反驳。

他们也不再叹息，一个个默不作声，像些雕塑一样，空落落地想着各自的心事，仿佛只有那一点跳动的烛光，才活得充实。

"你们这群傻瓜，"洞外突然传进一声叫骂，"还有一个大骗子！"

德克和伙伴们瞬间清醒过来，齐刷刷地望向洞口。

十三、黑暗里的仇恨

1

洞口处，一个弱小的黑影正在上下跳动，嘴里不停地破口大骂。

德克几个并没费力，很快听出是鼹鼠的声音。

原来，吊在树梢上望风的小王子，等得不耐烦，自己顺着树枝爬了进来。

实在不好意思，怎么把功臣给忘树上了。

鼹鼠的愤怒，显然不是因为队友的忽视。

刚才大家的对话，小鼹鼠站在洞口听得清清楚楚。

向来温文尔雅的鼹鼠小王子，开始在怒骂洞里的灰毛老鼠，其他人只是被殃及的池鱼。仇人相见，分外眼红，这原本就不是什么出人意料的场面。

刚开始，一只鼹鼠和一只老鼠，怒火冲天，打得不可开交。德克他们害怕惹火烧身，选择袖手旁观，倒也理解。

但时间一长，再不上前劝劝架，感觉是不是会有幸灾乐祸的嫌疑啊？

观众们就很自然地分成了两帮，上前七嘴八舌，各劝一方。

事实证明，什么"人之道和为贵，冤家宜解不宜结，君子动口不动手，抬头不见低头见，良言一句三春暖恶语相加六月霜，不打不相识……"之类的传统劝架词，在双方已经红了眼睛的撕打场合上，并不管用。

两帮敬业的劝架队员，穷尽毕生所学，个个喊得口干舌燥，嗓子比灰毛老鼠都沙哑了，依然没能阻止现场的拳脚相加，鼠毛纷飞。

诗词大会配合着拳击比赛，差不多进行了大半个时辰。

战场不知往洞底转移了多少次，直到德克手中的竹筒火苗，变得暗淡如豆，想必氧气稀薄到了极点，大家也终于精疲力尽，集体瘫坐在潮湿的地面上，气喘如牛。

"你们……"骨冠龙的体力稍强，想到这灰毛老鼠的地位特殊，至少与老鼠王有些血缘关系，这才说起重点，"你们……二位，论起来，也算是近亲吧。"

鼹鼠王子一咬牙："灰不溜秋的，一看，就跟那老鼠王一窝儿。"

瓶子老鼠本就有伤在身，刚才的一番缠斗下，体力恢复不及，喘得厉害，嗓子又不争气，嘴巴上就吃了大亏，只能任凭鼹鼠王子迎头泼骂。

德克赶紧出面打着圆场："鼹鼠王子，你也可以从另一个角度考虑，你的姑姑嫁给了小瓶子他爹，你俩就是表兄弟啊。"

二位鼠类王子听完骨冠龙的分析，原来现实比现状更加残酷。一想到仇敌身上，居然有自己的血亲关系，恨不得立马上前把对方的皮毛给撕个精光。

中场休息正式结束，场面再次咆哮起来。

德克无奈地摇了摇头。

唉，和亲也不是万能的。

"呼！"混乱之中，却听到黑洞的更深处，传出了一声剧烈的爆炸。

动物们瞬间停止喧闹，面面相觑。

巨响过后，黑洞内并没有出现什么危险，甚至闻不到刺鼻的异味。

德克举着火烛，查看了一下洞顶洞壁，也全都完好无损。

德克大着胆子往洞里面走去，不多时，就遇到了一扇铁门。再举起火烛仔细瞧了瞧，只见铁门的边缝处，还扣着几个铁碗类的东西，应该是几把铁锁。

德克伸手推了推铁门，果然纹丝不动，只是黑洞内四面冰凉，这扇铁门上却热乎乎的，有些温度。

德克就越发惊奇起来。

"那是硫磺做的炸药。"身后，传来灰毛老鼠虚弱的声音，"他们在炸门，洞门一开，他们就可以长驱直入，占领整个格格森林了。"

德克转过头去，一字一顿地问道："他们？是谁！"

老鼠咳了几下，尽量调匀气息："鼠族之外的，其他所有的沙漠族群……大立方洲的乌鸦大师，私自出境，结集了一群盗匪恶棍，依靠巫术霸占绿洲村落，搞得沙漠动物们家破人亡，他们组织成了义军，这是在……报仇……鼠族不想趟这塘浑水，没有参与，义军就合伙抢了鼠族的老家松山，松山下面有一个废旧的硫磺矿坑……"

"你胡说，白鹅大师不是呆在森林里好好的！"

"就是，白鹅大师哪里出过境……"

德克抬手止住肥猪和公鸡的争辩。

德克知道，格格森林里的乌鸦大师，并不只有白鹅一位。

还有一条蟒蛇。

2

如果不出意外的话，估计格格森林很快就要出意外了。

德克带领所有人离开黑洞之后，就马不停蹄地去找白鹅大师。

白鹅大师依然在不慌不忙塞他的竹筒火烛，队伍里掺杂了一只回归的乌鸦和一只灰毛老鼠，他都不闻不问。

看到德克沉重的表情，白鹅大师只是会心地笑了笑："去过黑洞了？"

德克点点头："有人在那儿炸门。"

"金刚板做的门，又加了金刚锁，哪有那么容易炸开。"白鹅终于停下手中的活儿，起身伸个懒腰，拍拍身上的木屑，"如果你不去给他们开锁，他们就是把松山的硫磺全部运来，也炸不开那道金刚门的。"

德克有点儿蒙圈，不由指了指自己："我？我能开锁？"

"不是你，"老白鹅一指德克脖子上的项圈，"是它。"

原来，这根金刚筷子，正是打开金刚门锁的钥匙。

德克听白鹅大师说到此处，两只手下意识地紧紧攥住项圈，像攥住了所有人的命脉一样，心情越发沉重。

"去吧，把金刚锁打开，把他们放进来，都放进来……"

德克并没有反应，德克感觉一定是自己的耳朵出现了毛病，那在医学上叫作幻听。

白鹅大师又不是老糊涂了，他怎么会发出那样的指令。

德克把项圈攥得更紧了一些，眼睛里透着星星一样的精光。

"我让你去把锁打开，把他们全都放进来，你的耳朵聋了吗。"

德克的确希望自己的耳朵出现点儿毛病，无论是幻听还是聋掉。

白鹅大师疯了吗？

白鹅大师一定是疯掉了，他怎么会不顾这么多恐龙的安危，怎么会打算，让那些在沙漠里长大的粗鄙动物们，进入格格森林，还要趟过圣洁的王子湖。身为恐龙族群的保护神，口吐乌鸦令的乌鸦大师，白鹅作出这样的决定，一定是疯掉了。

德克的眼睛里几乎要涌出眼泪，他的脑海里充斥着恐龙们被狼虫虎豹蚕食的画面，耳朵里满是凄厉的惨叫声。

“不许哭！”白鹅大师似乎对德克的眼泪特别排斥，厉声喝住，“跟你说过多少遍了，一旦流下一滴眼泪，你这辈子都别想再做乌鸦大师。”

哼！乌鸦大师这般糊涂，不做也罢。

德克赌着气，背过身去，把头扭向看不到白鹅的一边。

“白鹅爷爷，”小鸽子及时跳了过来，一把搂住乌鸦大师的脖子，“这么久没见，白鹅爷爷有没有想小鸽子呀。噢，对了，白鹅爷爷，我有了新的名字，叫小鸽子，你可一定要记住啊，不能再叫我丫头片子了。”

白鹅上了年纪，哪受得了这种天伦之乐的诱惑。

大师只好暂时把自己的逆徒抛在一边，用翅尖戳着小乌鸦的角喙，佯装用着愠怒的语气：“你这个没良心的小家伙，说离家出走就出走，跟你那个犟骨头的哥哥一样，没一个省心的。”

白鹅嘴上怒骂着，眼睛里却满是嘻笑。

趁着乌鸦得意忘形，白鹅大师突然问了一句：“小鸽子，告诉爷爷，那天你念了什么神咒儿，竟然让金刚筷子飞了起来。”

小鸽子兴致正高，随口回答：“嘿，都是在梦里三只脚的大黑鸟告诉我的。她还自称是我的妈妈，我才不信，我怎么会有那样丑陋的妈妈。”

小鸽子噘了噘小嘴，又告诉白鹅，听梦里的大黑鸟说，自己去了一个很远很远的地方，临走之前，留给女儿一双筷子，一只碗，还有一张面板，明明全是些吃饭的家当，却偏要说是什么金刚法器，只要女儿喊上一句“金刚碗，金刚板，金刚筷子，金刚变"，那些法器就会依照女儿的意愿，作出无穷的变化。要想复原，就用爪子指一下自己的嘴巴。

当时，拿猪头作试验的时候，小鸽子的确不知道会噩梦成真。

小鸽子说完这些，才朝着德克解释："德克哥哥，小鸽子不是想惹你不高兴，故意不去告诉你这些，只是我实在不喜欢梦里的那个妈妈，她长得黑巴巴的，又高又丑，我想长得小巧一些，白净一些……"

德克对白鹅的怨气，早就消除了大半。

德克不知是朝着白鹅大师，还是依偎在他怀里的小鸽子，低头稍鞠一躬，便随手从脖子上摘下项圈，就要物归原主。

白鹅却看透了德克的心思。

这小子只要把金刚钥匙一交，等会儿去黑洞里开锁撒门的任务，自己就得另派他人，"引狼入室"的黑锅，骨冠龙算是甩掉了。

德克有所不知，眼前的乌鸦大师才是甩锅的天花板。

看到德克递过来的金刚钥匙，白鹅伸出翅膀一挡："小鸽子年纪尚幼，你身为兄长，这等绝世圣物代为监护，责无旁贷，就先收着吧。"

监护人见如意算盘没有打响，只好嘴角一抽，苦笑着把颈圈套回了脖子。

3

德克带着小鸽子返回黑洞，果然用金钢钥匙打开了金钢锁。

一扇金刚门，也随着红眼乌鸦的几声咒语，化成了一张白纸大小的金刚面板。

几把金钢锁也合而为一，变化成了一个精致的金刚小碗。

小鸽子感觉自己在念叨咒语时，不但眼睛会火辣辣地疼，大脑一片混沌，而且浑身都像坠入冰窟一般冷得厉害。

德克赶紧把火烛递给小鸽子，让她取暖。

对了！德克一拍脑袋，自怀中取出一件皮囊。

正是白鹅大师当初为小鸽子缝制的宽大衣袍，乌鸦在几天里明显长了一圈，现在穿来，却恰好合身。

德克二人出了洞口，发现湖面上竟多了三只木筏，原是金虎他们，遵照白鹅大师的嘱咐，分别拆掉了东南西三扇木栅门，改制而成。

如此，格格森林便再无半点防御工事。

看来，白鹅大师是铁了心要把大立方洲搞对外开放了。

小鸽子展开翅膀，飞离了木筏，腾出地方，让金虎几个集中到一只木筏上。

鼹鼠却不屑与灰毛老鼠同操一舟，纵身跃起，抓住崖壁上的枝条，随乌鸦离去了。

其他众人便集体划着木筏，返回了北门岔道口。

木筏靠岸，众人抬头发现，乌鸦大师正顶着一把用芭蕉叶子制成的遮阳伞，召集了格格森林几乎所有的恐龙，一字摆开，站列在崖头上。

自下望去，一排排古树直插云霄，茂密的树叶猎猎如旗。

恐龙们也一改往日的憨态模样，一个个怒目圆睁，如天神下凡。

整个场面竟显得威严肃穆，令人不寒而栗。

十四、敌人与朋友

1

时间过了大概有个把钟头。

站在瞭望台上的小鼠龙，突然急速地挥舞起手里的红色树枝。

"来了！"德克一声警戒，稍稍萎靡的队伍，立马重新焕发了精神，威风如初。

不一会儿，果然看见三只木筏缓缓驶来。

每只木筏上都是人头攒动，挤满了大小不一的各类动物。

再近前些，又看到，每只动物都握着各式各样的铁头兵器，只是临时做了划桨。

"骆驼！"

"鸵鸟，是鸵鸟！"

"还有羚羊！"

"兔子！兔子！好可爱的兔子……"

刚刚严肃起来的恐龙们，却没忍住兴奋，在对照着书本上的描述，逐个验证王子湖上漂来的标本，这哪里还有点儿威武的样子。

　　金虎几个也没闲着。

　　公鸡指着当头的一只大鸟，跟小鸽子说："就是他，就是他在寻女儿。"

　　"金刚筷子就是他托我带来的，那应该是你的亲爹。"

　　"一看就是大官，站在排头。快叫爹。"尤其猪大篷，比小乌鸦和她亲爹都要亢奋，"快叫啊，小鸽子，你终于有爹了！"

　　白鹅大师用力地咳嗽了几声，打算整顿一下军纪。

　　结果收效甚微。

　　"你们以为这是来课外辅导吗？"白鹅终于按捺不住，指了指一群恐龙，又指了指金虎他们，"怎么，你们几个还要临阵认亲是吧。"最后用力地拍打着伞柄，"这是战场！血腥的战场！"

　　白鹅大师的确偷偷用乌鸦令卜算过，只要大开洞门，与各族握手言和，本次战祸自会化解，有惊无险。

　　只是当下纲常伦乱，人人自危，世间已无规矩和诚信可言，变来变去是常有的事。

　　眼下对方大军压境，又握有硫磺利器，稍有不慎就会尸横遍野，血流成河。

　　这帮手下喽啰，却把战争当作了儿戏，难怪把大师气得浑身颤抖。

三只木筏在距离口岸十多米时，就被白鹅抬手止住。

"大漠来的客人们，知道你们今天到访，我老白鹅携森林居民，恭候多时了。大立方洲乃苍生之源，并非恐龙私地，大家要来尝尝格格森林的特产，赏赏王子湖的风景，我们也没理由去阻止，至于上古先辈们制定的契约，也是此一时彼一时，既然有大洲的无良之徒，私闯了大漠贵地，有来有往，大漠的朋友来大洲走动一下，也不算背信弃义。"

白鹅的这番欢迎词，貌似文雅得体，实则暗暗藏了嘲讽。

大家听听，私闯大漠的是无良之徒，那强闯圣地的，又能是什么好东西。

德克正对着站在前排的那只大黑鸟出神。

这实在不是一只什么金刚乌鸦，只看那独特的光头造型，就知道是一只黑毛秃鹫。但一只黑毛秃鹫，怎么会有金刚鸦的家族法器呢？

德克正要再瞧仔细些，秃鹫已被身后的一只白兔子拨到了旁边。

大白兔挤上排头，就朝着黑压压的恐龙们拱了拱手。

"这位是白鹅大师吧。"兔子笑道，"有您就省事多了，免得我们跟恐龙朋友们交流不畅，引起不必要的误会。在下是大漠义军的白将军……"

"怎么选了一只兔子当头领？"金虎小声嘟囔着，狗对兔子很难瞧得上眼。

"船上的动物虽多，但每个种类却只有一位。"公鸡光明在用翅膀点着人头，居然另有发现，"我想他们的村落，应该跟我们一样，也被流沙瞬间给淹埋了。至于幸存的这几个人，好像全是派往首府龙城的各族代表。"

公鸡一提醒，金虎仔细回忆了回忆，的确有几张脸看上去面熟，定然是自己在龙城公务时，打过照面的。

论说，各族派往首府的代表，都是些文明人，非富即贵，为什么要弃笔从戎，还受制于一只兔子的管辖呢？

德克不由纳闷起来。

2

白鹅大师正在慢条斯理地向来宾们宣读着格格森林的禁忌。

说起这群家伙，也实在因为走投无路，又听大白兔说挖洞时发现了地道，可直通大洲腹地，加上从松山耗子们手里倒腾了一点硫磺，这才组建起义军，推白兔子为首领，来大立方洲犯险一试。

没想到在地洞里，炸了三天三夜的铁门，铁门竟然毫发未损。

地下爆破，实在不是这群文人能干的活儿，缺吃少喝不说，还被震得七荤八素，鼻孔里面全是硝烟。

想想在哪里活受罪还不是受罪，在哪里饿肚子不是饿肚子，沙漠里至少还能看看日出，数数星星呢。

一群爆破手正要无功而返，铁门却突然洞开。

义军大队这才一路无阻，上了木筏，本想偷偷摸摸地躲在岔道口里，等到天黑弄点儿吃的，搞点儿喝的，赶紧原路返回，下次再来。既然有了这条友好通道，就别浪费了，以后常来常往嘛。

可惜开门黑，第一趟就被人家包了饺子。

沙漠里素来盛传着，恐龙一族嗜血成性，暴虐不仁。

沙漠动物们，第一眼看到崖头上黑压压的恐龙，蹦出的第一个念头，人家这是要"聚餐"呐。第二个念头，那条地道，哪是什么友好通道，那就是一条"上菜通道"啊！

后来，白鹅大师出场，说到了列队欢迎，气氛瞬间缓和了下来，兔子白将军才知道误会深了，赶紧挤上前去，进行了一番自我介绍。

白鹅大师慢悠悠地念完禁忌，却突然双眉倒竖，朗朗喝道："禁忌就是规矩。老夫丑话说在前面，你们若想踏上格格森林，就要站在王子湖上对天发誓，必须严守格格森林的规矩，如有违反，必葬身湖底！"

筏子上的一干动物，确实是各个绿洲村落，派至首府龙城的特使，多是些地头上土生土长的公子少爷，如今落魄下来，暂时沦为草寇，但富贵二代的"牌面儿"，断不能丢啊。刚才耐着性子听完白鹅的啰嗦，已经很给那些"禁忌"面子了，还要发誓守规矩？岂不坏了自己这个行当的规矩。

贵行当的规矩，就是不守规矩。

白鹅大师读透对方心思，也没废话，只轻轻打个手势，潜在第一艘木筏下方的一只灰毛老鼠，就浮出水面，嘴巴里横着一枚短小的尖刀。

小瓶子一声不发，就握刀在手，要去割筏子上的绑绳。

德克暗想，原来小老鼠的水性如此了得，难怪当日能够从王子湖里逃脱。

"兄弟，兄弟，都是老乡，别激动，千万别激动！"兔子眼尖，几乎趴在木筏上对着耗子求饶，见小老乡举手指指白鹅，赶紧仰头呼救，"乌鸦大师，我们也没说不发誓啊，不就是发个誓嘛，全体义军听令，发誓，赶紧发誓。"

"牌面儿"在性命面前，贬值还是挺快的。

三只木筏上，顿时杂音鼎沸，净是些忠信之辞。

太阳已经落下山去，白鹅大师走出遮阳伞，吩咐德克，带领登陆的动物们，一会儿到黄梁树下集合，说完就提前返回了森林深处。

恐龙们这才一窝蜂冲向靠岸的木筏，打着手势，与陌生的动物们交流起来。

小瓶子刚刚从湖水中爬上岸，一瘸一拐没走几步，就看到一只鼹鼠守在岸边。

"今天，天不早了，要打明天再打。"灰毛老鼠抖了抖身上的水滴，收起匕首。

鼹鼠王子却伸手拦住他的去路："在黑洞里，为什么不掏匕首？"

"切！"老鼠撇了撇嘴巴，"对付一只鼹鼠，拳头足够了。"

"但愿你的功夫，跟你的口气一样大。赶紧养好腿上的伤，好好打一架。"鼹鼠说完，从腰间拽出一条毛巾，丢在老鼠头上，转身离去。

"打你，还需要用腿？"小瓶子只觉眼前一黑，一把将毛巾抓在手里，放在鼻尖上嗅了嗅，再望望鼹鼠的背影："不会是擦脚的吧！"

"赶紧擦擦舌头，风大，别闪了舌头……"

鼹鼠头也不回，大笑着说。

3

黄梁树下，特别热闹。

包括恐龙在内的所有居民，正在排着队，领取白鹅大师制作的竹筒火烛。

火烛不但能够照明，点燃后的烟灰，还能灭疫消毒，白鹅大师塞在里面的木屑，正是用七色团花研磨而成的药粉。

猪大篷来得稍晚了些，又没人同意他插队，只好乖乖排在队尾。

公鸡光明的位置稍稍靠前，见肥猪着急忙慌的样子，于心不忍，也主动排到队尾，与兄弟作伴聊天。

公鸡让出来的位置，恰好被刚来的兔子给插了进去。

猪大篷也不避讳，指着兔子的后脑勺，就大声嚷嚷起来："我老猪平生最恨两种人，第一种就是插队的人。"

公鸡笑着，跟肥猪小声咬着耳朵："人家是将军。你好好干，等你也混上个将军，也可以插队。"

肥猪心想，什么草包将军，领了十几个绣花枕头，差点儿被一只落水的耗子吓破胆……大篷正要张嘴出击，冷不防，被排在前面的母鸵鸟，一眼相中。

鸵鸟兴致勃勃地回头望着肥猪，很礼貌地请教："猪公子，还有一种呢？您平生最恨两种人，第一种是插队的人，第二种，是什么人啊？"

说来，这只鸵鸟正是刚才制止猪大篷插队的义士之一。

欺负我不记仇是吧？猪大篷狠狠地瞪了对方一眼："第二种，就是不让我插队的人！"

想必，这位鸵鸟小姐，也不是只笨鸟，何尝听不出肥猪的回答，话里有话。

但是论到斗嘴，那猪大篷算是遇上祖师奶奶了。

只见小鸵鸟正儿八经地转过身来，调整好方位，高度，距离，让自己的尖嘴巴，恰如其分地对准一只猪耳朵。接下来，就是一通有"质"有"量"的说教。

内容就不记录了，大半个时辰的语言体量，我担心笔墨不够用。

聊聊气势吧——循循善诱又头头是道，谆谆教导又滔滔不绝，夸夸其谈又娓娓动听，息息相关又历历可数，愤愤不平又咄咄逼人，靡靡之音又喋喋不休！

猪坚强虽已眼冒金星，舌头都快耷拉到肋排了，却依然败而不馁，势以"须眉不让巾帼"之势，要扳回一局。

结果刚要开口，鸵鸟就做了一个小小的手势："稍等。"

鸵鸟小姐优雅地换了一只猪耳朵，又是一通！

大篷多亏摊了个懂事的哥们儿，公鸡架起肥猪，就逃离了险境。

鸵鸟意犹未尽，逮住经过的小鼠龙虚心问道："小哥哥，说死一头猪，不算违反格格森林的禁忌吧？我可是发过誓的，就算不发誓，我的爸爸妈妈也教育我，要待人和善，出门在外少说话，多听别人的教诲，为什么我们长了一张嘴巴，两只耳朵，不就是为了让我们少说话，多听……"

人家这是在走量啊！

好在恐龙与鸵鸟语言不通，小鼠龙摇着脑袋表示，公务在身，来日再细聊，说完就窜出了自己的听力范围，算是躲过了一劫。

再说那大篷和公鸡。

一对好友逃出生天，来到崖头，正在拼命呼吸着湖边的新鲜空气。却突然听到不远处的湖边，似乎有人起了争执，不会是鸵鸟姐姐不依不饶了吧？

此时，天已完黑，月亮又不给力。

二位只好手脚并用，朝着断断续续的争吵声，偷偷摸爬了过去。

十五、雪峰山的馈赠

1

公鸡光明和肥猪大篷靠到近前，发现声音来自王子湖边。

他们从崖头上悄悄探出头去。

公鸡天生耳背，猪大篷的耳朵却已恢复了七八成，足以听出那是小鸽子的声音。

就着湖水的反光，甚至依稀能够认出小鸽子跳来跳去的身影。

旁边高大一些的，却是当初的救命恩人，黑毛秃鹫。

"我怎么会是你的女儿！"小乌鸦一直在尖着嗓子，重复这句话。

秃鹫的声音并不高，隐隐约约听他说道："你的妈妈……留给我……照顾你……金刚筷子……收到了没……"

噢，应该是父女俩在认亲啊。

"我不知道什么金刚法器，不要再烦我了！"小鸽子最终摇着脑袋，扇扇翅膀飞进了漆黑的夜空，消失得无影无踪。

秃鹫独自吹了一会儿夜风，也展翅飞上崖头，落在猪大篷他们身后。

秃鹫的夜视能力本就出众，加上这枚猪头，在光溜溜的崖石上，滚来滚去，实在太过于扎眼了。

偷听还被抓了现行，原本是件挺尴尬的事情。

好在都是熟人，又有过交情，再说，刚刚告别了父慈子孝的黑秃鹫，也需要些安慰。

场面就显得有些微妙了。

"嗯……恩人，"猪大篷一心想着缓解气氛，但毕竟不太擅长处理家庭矛盾，就有点结巴，"孩子……毕竟还小，一时接受不了，慢慢来……孩子她娘……怎么，离了？"

"走了。"秃鹫叹了口气。

"走了？唉……哎？光明，光明！"大篷见气氛蒸蒸日下，光自己陪着叹气也不是办法，就用肘子捅捅鸡排，示意对方说点什么。

实话实说，家务事儿搁谁手里，都是烫手山芋。

公鸡倒不含糊，直接来了一句："节哀吧，大叔。"

果然提神，秃鹫抬头一愣："节什么哀？我说孩子她娘走了，又不是死了。"

公鸡恨不得扇自己几个大嘴巴子。

劝人能劝到这份儿上，基本可以节哀了。

"不打扰二位盼星星盼月亮了，晚安。"黑秃鹫哪受得了如此轮番的打击，比黑洞里的炸药威猛多了，也扑啦扑啦翅膀冲天离去。

两个热心人就在黑暗里嘀咕。

"走了……即然不是死了，那就是离开了呗？"

"还不是离了？"

过了几刻，朦胧的月亮始终没有变化，二位思考人生又太过入迷，不知不觉，竟然就地睡着了。

一夜无事，直到天亮。

公鸡正站在崖头上，耳红脖子粗地打鸣。

猪大篷睁开眼睛，刚刚伸完懒腰，就瞅见鼹鼠王子远远蹿了过来："听到光明先生的鸣叫，就知道二位在一起，刚才德克让通知一下，马上去黄梁树下，集合开会。"

"不就是排队领火烛吗？反正人人有份儿，急什么。"

"是兔子白将军给大家开会，应该是另有要事。"小鼹鼠话音未落，就跑远了。

猪大篷一头雾水，把刚才鼹鼠的话，说给报晓归来的公鸡听。

"兔子开会，德克还亲自安排下的通知，有点蹊跷啊。"公鸡单手托腮，终没有理出个头绪。

大篷却说，沙漠里来的那群闲人，除了混吃混喝，只会逞些口舌之能，真搞不懂白鹅大师，执意放他们进来是何目的。

一想到昨夜受的鸵鸟酷刑，猪大篷就忍不住地掏耳朵，仿佛总有一群虫子盘踞在里面，蠢蠢欲动。

无论如何，德克的号令还是要听的。

鸡猪二人相视一笑，同时喊声"预备——跑！"就一路撒着欢儿，朝黄梁树冲去。

光明和大篷的身影刚刚隐入森林，身后的王子湖水竟渐渐冒出了几个气泡。

再过片刻，气泡越来越多。

不到一顿饭的工夫，整个王子湖竟然沸腾起来，像被煮开了一样。

2

大白兔还真有两下子，竟然会"掏"房子。

白将军正对着集合在一起的动物们演示，如何把一块凝固的熔岩，"掏"成一间精致的小房子。

兔子自称，是昨天受了白鹅大师的感动，又受了德克兄弟的启发，才有了利用森林里的熔岩，"掏"房子的灵感。

德克对兔子的灵感兴致很高，甚至都没有报知白鹅大师，就把动物们通知了过来。

德克要给白鹅大师一个惊喜。

这些灼热流动的熔岩，自雪峰山爆裂喷发，溅落到格格森林，已有些时日，冷却后就固化成了黑色的石块。

大大小小的石块，俯拾皆是，散落在森林里，原本是些丑陋的障碍。

但如果硬度适中，能用刀具"掏"成一座座可以遮风挡雨的住所，那可真是这群流浪动物们的幸运。

有了房子的遮蔽，白鹅大师也无需天天顶着一把太阳伞，为大家四处奔波了。

德克根据白鹅大师的体形，选中一块大小适宜的岩石，亲自扛到兔子面前。

大白兔从老鼠小瓶子手中借过匕首，开始一刀一刀地雕刻。足足两个时辰过后，兔子才拍打着身上的灰屑，从石门中探出头来。

趴卧在树底下的动物们，赶紧起身，围了过去。

建筑工匠显然累得够呛，一身白毛全部湿透，两只长长的耳朵，都作了擦汗的毛巾。

但得意洋洋之下，大白兔哪里还顾得上休息，只见他朝着自己满意的作品，双手一托："欢迎参观——乌鸦大师工作室！"

外表看来，整块石头上只是一扇门，一扇窗，不足为奇。

打开一扇门，又是一扇门，两道门一前一后。

德克实在搞不懂，兔子为什么要在同一间房子上，凿两道门，感觉像一只丑陋的恐龙脸上割了双眼皮一样多余。

第二道门一打开，就完全暴露了里面的精致。

那是一间设备齐全的小居室。

一切都是"掏"出来的。一张可以充当书桌和餐桌的小床，一把配套的小凳子，一组带着隔断的小书柜，还有一面可以自由开启的，很大很大的飘窗……这所有的一切，都是在一整块黑色岩石内，掏出来的。

这间房子的底部，也是做足了文章。

出了屋外，兔子指着岩石底部，让大家细看，原是两条固定住了的长竹片。

两条竹片提前作了处理，长短平齐，两头微翘，又在首端各钻一个小孔，穿过小孔各又拴了一条长长的细藤条。两边藤条同时用力，"小房子"就会在地面上向前方轻松滑行。调节任何一边的力度，小房子又会向相应的方向转弯……搬家的时候，也不需要把房子扛在肩上背来背去了。

确实精妙！

德克二话没说，拉起藤条，就把房子给白鹅大师送了过去。

现场的动物也没犹豫，瞬间哄然四散，找好合适的石块，相互借用着顺手的铁头兵器，叮叮当当，凿起了各自的小房子。

3

白鹅大师看到自己的新房子，并没有德克想象中那样的高兴。

白鹅大师只是微微点了点头，他正在遮阳伞下，对着一棵大树出神。

德克只好把房子拖到白鹅大师身边，直接把他抱进了小屋里。德克这才发现，除了那把大伞，白鹅大师并没有什么家当。

当初，乌鸦洞里的一切，都随着雪峰山的爆发，化为灰烬了。

"祈令石。"德克忽然想起，那些发布乌鸦令必须要用到的

法器，"大师，没了祈令石，就断了恐龙与乌鸦大师的通灵之道，乌鸦令还怎么发布啊？"

白鹅摸出自己的酒囊……噢，还剩一件家当。

大师轻轻抿了一口酒："何止祈令石，祈令笔也需要再做一只。"

德克这才想起，那张案台上总是摆放的鹅毛笔。

德克瞅了瞅白鹅身上的羽毛，心想，这祈令笔就不困难了吧，原材料现成着呢。

白鹅扭头盯着德克，上下打量，显然这小子的心思，没有逃过乌鸦大师的法眼。

德克稳住眼神，故作镇定，甚至生出了一种想安慰安慰乌鸦大师的冲动。毕竟，拔谁的毛，都不是一件痛痛快快的事儿。

"你想做个乌鸦大师吗？"白鹅庄重地盯着德克问。

"想。"德克同样庄重地点点头。

但是"拔毛"这件事儿，弟子是真帮不了您。德克心里说着，尽量忍住，没有"噗嗤"一下笑出声来。

白鹅倒没计较，只是盯着德克。

大师死死盯着徒弟，像盯着一只将要被拍死的苍蝇，像害怕他会飞掉一样："你可要想好，一旦做了乌鸦大师，就回不了头了。"

白鹅连抿酒的时候，目光都没有移开德克。

德克就渐渐看出，白鹅大师应该要交待一些特别重要的事情了，便由不得自己，再去天马行空地胡思乱想。

德克赶紧收心听着，频频点头。

"哎呀！"德克眼前突然白光疾闪，感到牙龈发麻。

德克眼瞅着自己一颗大好的门牙，"叮当"一声落在了地板上。

德克再低头细看，发现敲落自己门牙的，居然是挂在自己脖子上的金刚项圈。

难不成又是那只小乌鸦发狂犯起了神经？德克一手握着项圈，一手捂着嘴巴，痛苦地望望脚前孤零零的门牙，又望望白鹅大师。

德克一时嘴麻得说不出话来，心里却怨气腾腾：这可都是您老人家出的好主意，非让我监护什么小乌鸦，这给别人看孩子是个轻快活儿吗？

轻则心理缺陷，重则身残志坚啊！

这不报应就来了，牙先没了。说不定没着没着，整个人就没了。

白鹅大师看都不看德克的一脸苦相，只是俯下身去，轻轻把德克的门牙捏在手里，仔细地端详起来。

德克麻劲已过，正疼痛不堪，也不管送给白鹅大师的新房子是不是精装修，直接一口血水吐在光滑的地板上，连连叫屈："大师啊，赶紧把这些法器还给乌鸦吧，这东西有生命危险啊，听说小鸽子她爹不是也来了吗？要监护的话，让人家亲爹监护去，再说现在敌情也解除了，这些面板筷子碗的，咱也没啥用处了，我这就还回去，好不好？"

白鹅也不表态，盯着德克的落牙正研究得起劲。

只是看见小子又要往地板上乱吐，就没再客气，抓起自己的酒囊一把塞进了德克嘴里。

传说栗子酒这东西，倒是能够消炎杀菌。

但小酒囊毕竟被白鹅嘴对着嘴，吸溜了至少有一个多月，属于负距离接触的私人用品，亲密程度直逼牙刷子，估计里面的鹅口水比栗子酒水都多了……

奇招有奇效，德克果然没再随地吐痰。

德克扭头窜出小屋，吐光了胃里所有的早餐。

十六、乌鸦家的秘密

1

德克的门牙，是白鹅大师敲掉的。

这倒引起了德克的好奇，这只委屈的骨冠龙，还是忍着恶心，咕噜着肚子，乖乖听白鹅大师讲出了事情的原委。

为了补偿德克的呕吐，白鹅大师还附赠了一份礼物，一个崭新的泉水皮囊。

白鹅大师说，这是每一位乌鸦大师的随身法宝，皮囊永不枯竭，里面总会源源不断地倒出液体，至于倒出的是水，是酒，还是墨汁，全由主人的意念所控。

德克反复确认了这不是鹅嘴含过的二手货，才放心地挂在了腰间。

白鹅大师首先从乌鸦令讲起。

原来，真正的乌鸦令是分三个等级的，但无论白鹅大师还是蟒蛇大师，说出的乌鸦令从来不是真正的乌鸦令，那只能算些占卜之后的解说词。

二位乌鸦大师也算不上真正的乌鸦大师。真正的乌鸦大师不是一只乌鸦，但也绝对不是一条蟒蛇或者一只白鹅。

千百年间，真正的乌鸦大师从来都是一只恐龙。

白鹅也不知道，最高等级的乌鸦令是个什么样子，甚至连二级乌鸦令长什么样子都没听说过。但白鹅知道第三级的乌鸦令，鸭嘴龙临终前，告诉了自己关于三级乌鸦令的一切，那是最后一任真正的乌鸦大师。

鸭嘴龙说，真正的乌鸦令，的确有预知未来，救苦救难的神奇法力，真正的乌鸦令一定要由真正的乌鸦大师来书写，书写用的法器，是一支金刚笔。

问题就出在这支笔上，鸭嘴龙手头并没有金刚笔。

制作金刚笔，需要以金刚羽为笔杆，以乌鸦大师的牙齿为笔尖，再附以《乌鸦令辞》，才能写出真正有威力的乌鸦令。

鸭嘴龙倒有几颗老牙，但金刚羽却是可遇不可求。

传说，那金刚羽，本是一只上古金鸦头上的眉羽，眉羽遮目，能让金鸦洞穿时空，瞭望未知，后因非凡神力受到天庭召命，令其列入仙班。金鸦为了福泽天下，拯救苍生，自愿拔掉眉羽，自废双目，失明后就逐日而去，从此杳无音影。

那拔下的金刚羽流入世俗，代代相争，也惹出过不少祸乱，终转至恐龙一族，受到尽心守护，这才有了乌鸦大师，有了乌鸦令。

如此珍贵的金刚羽，却在鸭嘴龙手里给弄丢了。

至于怎么弄丢的，白鹅闭口不说。

德克心想，当年鸭嘴龙大师违背了祖训，把《乌鸦令辞》私自外传给了一条蟒蛇，无非是想让他，为自己保守失职丢羽的秘密。

白鹅向来对誓约守得比命还重要，他若不说，便强求不得。

听到这儿，德克忽然想到自己的门牙，这伙计牺牲得比窦娥还冤啊！

即使自己是一只真正的恐龙，答应做这真正的乌鸦大师，门牙也如假包换，《乌鸦令辞》也背得滚瓜烂熟。但金鸦脸上的眉毛，自己去哪儿淘去？

要不，还是用鹅毛对付对付吧，这么多年了，不也没露出什么破绽。

"从今往后，乌鸦大师必须由恐龙来担任，"白鹅斩钉截铁地说，"乌鸦令也必须由金刚笔来书写，泽及天下苍生的基业，不容再有丝毫马虎。老夫半生虽然欺世盗名，不配这乌鸦大师的高德之位，但今天能够寻到慧根后嗣，能够寻回金刚神羽，也不枉鸭嘴龙师父的信赖，不枉恐龙一族多年的供奉。"

德克正在为自己的门牙专心默哀，贸然听白鹅说到寻回了金刚神羽，才微微睁开半只眼睛，想看白鹅又要耍什么花招……不不，又有什么锦囊妙计。

门牙还在人家手里捏着呢。

突然，又是一道白光！

德克大惊，赶紧去捂自己的嘴巴。心说大师，弟子这几个

"黄台之瓜"，就别总惦记着了，打保龄球呢，这一局一局的。

德克严防死守，半天没听见动静，睁眼一看才知道是自己多虑了。

那道白光，的确是出于金刚项圈，当然，现在已经变成白鹅手里的一根笔直的金刚筷子了。再过片刻，又变成了一只金刚笔杆。

白鹅大师毫不费力地把德克的门牙嵌进了杆头。

"金刚羽……"德克直惊得目瞪口呆，"这就是鸭嘴龙大师丢失的金刚羽？"

白鹅左右端详着手中的金刚笔，摇了摇头："那倒未必，如果传说不假，那金鸦仙人的眉羽，总不能只有一根吧？"

对对，眼睛一对，眉毛至少两根。

"那您是怎么想到，这根金刚筷子就是金刚羽的呢？"

"乌鸦，金刚，可以变幻长短……"白鹅捻着金刚笔，爱不释手，"当然，关键还是小鸽子的咒语，那句金刚咒语，正是鸭嘴龙大师遗言中，提过的三级乌鸦令的《乌鸦令辞》，连我自己都没有用过，更没有外传，那句真正的《乌鸦令辞》，只有真正的乌鸦大师，面对真正的金刚笔，才能灵验。"

德克越发糊涂："但小鸽子并不是乌鸦大师啊。"

"我也想过，"白鹅收回目光，点了点头，"那丫头即使不是乌鸦大师，也与乌鸦大师有着千丝万缕的关系，乌鸦大师的名字绝对不是音译，没有那么简单……"

德克笑笑，关系当然有，这不还有个掉了牙的监护人吗。

白鹅重新把目光投在手中的金刚笔上，嘴巴里喃喃不绝。

德克并不知道，这位冒牌大师是在高兴还是在惋惜。

乌鸦大师的传承戒令，除了不能传于外族，还有一条叫作徒承师退。这只从未真正发布过乌鸦令的乌鸦大师，如今神器在握，法咒哽喉，他真的甘心就此隐退吗？

懵懵懂懂间，德克似乎看见，白鹅正慢慢盯向了自己，眼睛越来越红。

僵持片刻，白鹅又慢慢抬起一只蹼爪，突然抓向德克的胸口……

2

德克用力晃了晃脑袋，清醒过来，的确看到一只蹼掌。

白鹅大师的眼睛却没有变红，只是把金刚笔塞进德克手里，就笑眯眯地说："金刚碗和金刚板给我。"

德克赶紧悉数掏出，交给白鹅大师。

老白鹅先把金刚板依墙立定，又拿自己的小酒囊，往金刚碗里斟满了不明液体，然后双手捧着碗，颤颤悠悠端到德克面前。

师父这是……要给新上任的乌鸦大师敬杯酒呗？

讲究！

大不了再吐一次。

德克想着，咬牙说了声"先干为敬"，就要毕恭毕敬地接过这碗掺了鹅口水的劣质酒，一饮而尽。

却听白鹅大师沉沉说道："第九任乌鸦大师——德克，天赋使命，从此之后，恐龙一族的安危，就要系于你一人之身，《乌鸦令辞》悉数传你，你要指天地为誓，携令自律，只会用于造福苍生，驱暗扬明。"

草率了。

德克原本要伸出去接酒杯的两只爪子，赶紧顺势举至耳边，依白鹅所示，口中念念有词，发了些千金诺言。

很快，传钵礼毕。

"德克，"白鹅满意地笑了笑，"刚才为师以碗研墨，以板祈令，现在你可以利用手中的金刚笔，在金刚板上写下自己的第一句乌鸦令了。"

原来不是酒啊。

好个德克大师，只见他双手托起神笔，抑住胸中万分激动，步履坚定地迈到金刚板面前，凝神聚气，提笔在金刚碗里蘸饱了香墨，躬腰悬腕，行云流水般，在金刚板上，写下了平生第一句神圣的乌鸦令：

吾门牙能再长齐乎？

身后的白鹅，念完就打了个趔趄，差点把一身的鹅毛，给薅秃噜了。

金刚法器毕竟是些神物，祈令板也没搞智商歧视，竟慢慢在德克的笔迹下方，隐隐显现出一行大字：

废食之物，须掉光之。

虽为古文，意思还是挺明确的。

德克大师看在眼里，差点哭出声来。

还说"乌鸦大师"不是音译，这不明显要把自己变成"无牙大师"了吗？

呜呜……可怜我这一口洁如皓月、齐如编贝的小獠牙啊，怎么就成"废食之物"了，怎么就"须掉光之"了。

白鹅又不是第一次带徒弟，处理这类小意外倒有些经验。

"别担心你的牙了，"师父上前，拍拍小弟子的后背，"乌鸦令只是说会掉光，又没说不能再长回来，万一是换牙呢，你才不到三岁，小孩子掉牙换牙，是很正常的。"

德克回头瞅瞅白鹅黑洞洞的嘴巴，知道刚才里面吐出的换牙之说，净是托词，老家伙嘴里剩了点儿什么，他自己没个数吗？

德克情绪正要失控，却听到小鸽子在门外大声喊着："德克哥哥，德克哥哥！"

德克直被喊得心惊肉跳。

白鹅大师退休后，法力尽失，自然指挥不动那些金刚法器，再也无力对自己的门牙行凶。但这只乌鸦就不一样了，那些作案工具，可是人家祖传的生活用品，呼来唤去，比狗都听话。

这个小妮子，说好听点，是与乌鸦大师有着千丝万缕的密切关系，说难听点就是个阴魂不散的牙科大夫啊。

德克懊恼至极，又躲避不掉，只好硬着头皮推门出屋。

小乌鸦看到德克哥哥，就顾自雀跃起来，哪管对方恼怒哀愁。

"德克哥哥，走走，带你去看看我们的大房子，我特意寻了一块很大很大的石头，建了一座很大很大的房子，我们可以一起住进去的，就像以前在乌鸦洞里……"

小鸽子像刚刚出笼一样，围着德克跳来跳去。

德克冷眼四望，看到不远处，正有一只黑色秃鹫垂手肃立着，一动不动。

德克知道，那位一直自称是小乌鸦的亲爹，便扬手示意家长，过来过来，你倒是管管自家的孩子，照顾一下现任乌鸦大师的心情好不啦。

没等秃鹫靠近。

小鸽子似乎发现了什么异样，突然停下脚步，盯着德克的嘴巴："德克哥哥，你怎么不说话啊？你把嘴巴……闭那么紧干嘛，门牙不碍事吗？"

的确不碍事了，刚做的整牙手术。

黑秃鹫来到跟前，德克心里已经五味杂陈，也顾不上仪表仪容了，开口问道："这位老兄，您为什么认定，小鸽子是您的亲生女儿呢？您应该是一只秃鹫吧？"

"她是只乌鸦，不是鸽子。"秃鹫很认真地纠正道。

"是，是，是只乌鸦，但秃鹫也生不出乌鸦来啊。"

"她就是我的女儿，"黑大个傻是傻了些，却很执着，"她还是一枚蛋的时候，是我捡到的她，是我把她送到的格格森林，她当然是我的女儿。"

"你怎么知道，小乌鸦就一定是你捡的那枚蛋孵化出来的？"德克没好气地问，"格格森林里的鸟蛋，没有一万也得八千吧。"

秃鹫一指小鸽子身上的饰品："我认得那些树枝，我认得它们的颜色。"

小鸽子身上，的确满是七彩树枝。

小鸽子长大后，孵蛋的鸟窝没了作用，德克就利用搭窝的七彩树枝，为小鸽子做了些饰品，有插在头上的发卡，有别在胸前的胸针，有挂在腰上的灵符，有套在手脚的镯环……小妮子一直宝贝一样随身佩戴着，从不离身。

"还有那根金刚筷子。"秃鹫呜呜啦啦地说，"可是祖传的。"

德克听秃鹫说到了金刚筷子，便心生警惕，想仔细探个究竟。

小鸽子却急匆匆蹦了过来，叫嚷着，这只大黑鸟绝不是自己的亲爹。

3

秃鹫自然不会是一只乌鸦的亲爹。

这点儿根本不用浪费脑子，德克用脚趾头都能想得出来。

但小鸽子断绝完父女关系，竟然说大黑鸟虽然不是自己的亲爹，却是自己家的仆人。

"嗯，我是……"黑秃鹫低头瞅着地面，呶呶喏喏，"对对，我是乌鸦家的仆人，我照顾过小鸽子的母亲，我也得照顾小鸽子一辈子，对对对，我还答应过小鸽子的母亲呢，要照顾小鸽子一辈子……"

德克的心思依然在金刚法器上。

要想完全弄明白，乌鸦大师与乌鸦家族的渊源，黑秃鹫即使算不上个大瓜，也是条摸瓜的粗藤。

小鸽子却是个障碍，叽叽喳喳在旁边吵个不停。

德克一把拽过乌鸦，让她先回自己的房子打扫打扫，德克哥哥稍后就去参观，如果房子不干净，德克哥哥可不会搬进去的。至于仆人嘛，暂且借用一下，留下来帮白鹅爷爷整理整理新家，白鹅爷爷年纪那么大了，总不能让他自己爬上爬下吧。

小鸽子像鸡啄米一样点着脑袋。

乌鸦跑出几步，却又回来与德克拉勾，还附在德克耳朵上轻声建议："大哥，说实在的，你的门牙整得一点都不好看，拔牙之后，要整齐划一，再去找找美容医生吧，这个样子，嘴巴很不协调呢。"

德克苦笑着点点头，心说，很快就协调了。

直到小鸽子的身影完全隐没在森林里，德克才转身面向秃鹫："那您……方便……说说那根金刚筷子的来历吗？"

"那根筷子……来历……"秃鹫抓挠着自己的秃头，像在回忆一件特别久远的事情。

"那应该是四百年前吧？"秃鹫用力皱着眼眉，自问自答，"不对，应该是五百年，甚至六百年，当时沙漠里还剩了一棵黄梁树，那棵黄梁树还只有一个树杈……"

德克便想，这家伙的脑子确实有点儿问题。

秃鹫再长寿，怎么也活不过一百年。

五百年前？那是猴儿的故事吧。

接下来，却令德克大跌眼镜。故事的确发生在五百年前，甚至六百年，也的确是与猴儿有关，而且秃鹫说的每一句话，德克都会运用乌鸦大师特有的读心法术，进行确认。

全是事实。

"做父亲也好，做仆人也好，我只想守在小乌鸦的身边，看着她跳来跳去，忙这忙那。"秃鹫说着，便一屁股坐在地上痛哭起来，"我欠过她母亲的一条命！"

五六百年前，沙漠里还没有那么多沙子，树木也不少见。

当时的黑秃鹫羽翼未丰，正在鹰崖上作飞翔前的练习，却遇到了一群猴子。

猴子当时已经臭名昭著，他们自称神仙后裔，可以长生不老，还祖传了一件可以随意变幻的法器，叫作"金刚锯"。仗着法器，他们在沙漠里烧杀抢掠，无恶不作，不但为了食物滥杀无辜，还为了搭建豪华的住所，锯倒了成片成片的树林。

当时，猴子们一步步逼近这只肉滚滚的秃鹫，一定是想换换口味。

就在危急时刻，突然落下一只母鸦。

"那不是一只普通的母鸦，"秃鹫停止哭泣，说到乌鸦，眼睛里只剩了泪光，"她的个头，至少有成年秃鹫的几十倍，她静静地站在那儿，闭着眼睛，身上的羽毛黑得发亮，太阳照在她的身上，她就像一座金子做的宝塔，浑身散着光。"

那金色乌鸦，对着猴子们数落了一通，说自己几万年里瞎着眼睛，东躲西藏，只是为了把金刚法器留在凡间，造福苍生，你们这群败类却用来锯树、打猎、残害生灵，赶紧把法器还来。

那群猴子毕竟也听过金鸦的神勇，开始倒有些畏惧。后来发现，对方也不过是个瞎眼的老太婆，哪儿还放在眼里，立即启动金刚锯，便要将老乌鸦碎尸万段。

说来奇怪，那只金鸦却不慌不忙，拿爪子朝自己的嘴巴一指，金刚锯竟然飞离猴群，"叮铃"一声掉在地上，变成了一根光滑的筷子。

猴子仍不罢休，留下猴头儿朝筷子扑来，其余全部攻向了母鸦。

只听母鸦一声狂笑，大叫一声"那就一起烤烤太阳"，地上的筷子又飞跃而起，在空中变成了胳膊粗细的金刚绳索，蜿蜒伸屈，把猴子们一只只拴成了一串。

母鸦抓起绳索，朝着太阳的方向展翅飞去，转眼就消逝得无影无踪。

秃鹫讲到精彩之处，咳声不断。

德克见他卖力，就从怀里取出金刚碗，拧开皮囊倒出半碗清水，递给秃鹫。

秃鹫却双手捧碗，迟迟没有放到嘴边，看那温润的眼神，倒似有万般不舍。

"就是这只碗，"秃鹫鼓动着喉咙，继续说道，"当时，我久久没有等到金鸦恩人归来，就回到自己的草窝里，却发现窝里多了一根金刚筷子，和一只金刚碗。碗里就有一枚小小的……蛋。"

秃鹫就认定了这枚小小的蛋，一定是母鸦所生，于是视若己出，为了保温，还在碗中编了些细软的彩枝作为铺垫，精心呵护。

没想到一护就是几百年，秃鹫几乎拜托了所有会孵蛋的沙漠动物，想尽了一切孵蛋的办法，这枚鸦蛋却像石头一样纹丝不动。

秃鹫身怀法器，年龄便如被封冻一般，几百年来不见衰老，却熬光了一代又一代的亲朋好友，帮忙孵蛋之事，终于再也没人提起。直到十多年前，秃鹫听说，格格森林里的恐龙有自己独特的孵蛋方式，竟稀里糊涂地闯了进来。

当时，秃鹫在森林里转了整整一天，一只恐龙也没有遇到。

倒是遇到了一只刚刚学会走路的小白鹅，却是一问三不知，像个小傻瓜。

森林里的树也五花八门，唯独有一棵黄梁树，是沙漠里的老相识，秃鹫就在黄梁树最低的一个树权上，把鸟窝安顿好，自己趴在树下沉沉睡去。

没想到，第二天一睁眼，最低的那个树权上，居然空荡荡的，鸟窝没了。

德克笑笑，心想黄梁树号称"日生一丈干，夜展百头枝"，即便有些夸张，一夜之间生出几个树权子倒是轻而易举，黑大个儿却只认准最低的一个，实在愚钝。

后来的事情，德克便能猜个大概。自己机缘巧合，在黄梁树上发现了乌鸦窝和里面的蛋。黑秃鹫多年来四处寻亲未果，心存愧疚，便想舍弃金刚筷子，令自己迅速终老……

但是，据秃鹫所述，这金刚碗一直是与鸟窝合在一起的啊。

德克发现鸟窝的时候，却并没见到金刚碗的踪影，怎么后来会与金刚板锁在一起，作了黑洞的门户。

那金刚板又是从何而来呢？

还有那枚几百年没有孵化出的鸟蛋，怎么到了自己手里，就如此轻易地孵出了一只小乌鸦？

还有那只会走路的小白鹅……是否就是后来的白鹅大师？

德克刚要取出金刚笔，沾墨解惑，却远远听到了狼狗金虎的一阵狂叫。

德克从没听过金虎如此急促而惊悚的狂叫。

十七、来自沙漠的乌水

1

格格森林地下的黑洞里，正在"哗啦哗啦"往外流淌着乌黑乌黑的脏水。

金虎说，哥几个想到黑洞里的门户大开，担心怀有恶意的毒虫猛兽趁机闯进来，破坏了森林里的安宁，就打算把凿房子剩下的碎石，运到黑洞里堵截一下。

大家来到湖边，发现王子湖里在不停翻着白沫浪头。

再远远瞧向那条黑洞的洞口，就发现了这条乌水河。

德克害怕黑洞里存有未知的危险，便让动物们全部留在崖头上待命，独自一人跳上木筏，划向了洞口。

乌水的流量很大，形成的黑色瀑布，全部落进了清澈的王子湖里。

德克爬上洞口，赶紧掏出金刚板和金刚碗，念声令辞，就打算复原当初的门锁，先把乌水封堵在洞内。

关键时刻，这俩货却罢了工。金刚板和金刚碗像休克了一样，躺在德克手心里毫无反应。德克皱了皱眉头，法器们一定是做惯了金樽贵俎、文房四宝，不想再出苦力了呗。

德克心中着急，取出金刚笔，直接蘸着乌水，在洞壁上卜问了一下乌水源头。

德克这颗门牙，还真没白疼，都没挑食。

"沙漠……"德克念着显现在墙上的字迹，百思不得其解。

听兔子他们说，自从雪峰山崩塌之后，各个绿洲上的水源很快就断绝了，直到大部分村落被流沙淹没，饮水一直是他们最大的威胁。甚至有些动物冒着断肠之险，去偷喝王子湖的湖水，虽然没有当场毙命，却个个面黄肌瘦，一到夜里便胃如刀绞，生不如死。

如此看来，沙漠中别说是一条流动的河，即便拳头大小的水洼，也会像鼹鼠王国一样被重兵把守着，流失不了一滴。

德克想了一会儿，突然喜上眉梢。

眼前的这条乌水河，颜色倒是黑了些，未必适合饮用。但如此大的水流，总要有个雪峰山大小的源头，若能逆流而上，把乌水河治理清澈，再寻到水源和几个绿洲，这群从沙漠流浪过来的动物们，就能够重建家园了。

德克返回森林，心中盘算着，沙漠里危机四伏，又事关大立方洲的生死存亡，身为乌鸦大师，这次沙漠之行，自己定然要亲自带队。

白鹅听到德克的想法，却沉思了良久。

白鹅实在左右为难。

乌鸦大师有一条铁打的戒律，绝不能踏入沙漠半步。

白鹅的第一个徒弟，已经带来过一次"惊喜"，不但抢了自己躯体，还利用自己亲授的法术，在沙漠里搞了个大抢劫。眼下赖在格格森林里白吃白喝的这帮难民，感恩期一过，十有八九得向自己讨个说法。现在好不容易练了个小号，指望着这小子安分守己，替自己争争面子，结果转眼就要"双喜临门"了。

白鹅担忧着师门不幸，德克却一腔激奋，见师父迟迟拿不定主意，又不好直接驳了老领导的面子，干脆请出了金刚笔。

谁说乌鸦令只能当度娘，关键时刻还真是个背锅的好手。

德克向师父展示完金刚板上的字迹，耸耸双肩，摊摊双手："没办法，乌鸦令让去的。"

白鹅何尝不知，乌鸦令类似的判断，皆受乌鸦大师的意念所左右。

知道德克主意已定，白鹅也不便强留，只把金刚法器让德克全部收好，又反复叮嘱了些沙漠里的注意事项。

德克自出壳至今，从没离开过师父半步，如今一别，前途未知，竟也生出些恋恋不舍，上前搂住白鹅的脖子默念几句祝福令辞，已双目含泪。

第二天，晨色微亮。

四只木筏上已经站满了随行的队伍，人人手握兵器，个子高些的还举着一烛火苗。

德克望去，不但有金虎、光明、大篷、鼹鼠王子和小瓶子等几个要好的伙伴，还有兔子将军带来的一部分沙漠义军。

虽然队伍老少糅杂，高矮错落，却个个精神抖擞。

想必此次沙漠之征，每个人都当作是重建家园的大好时机，信心满满。

德克独自站立在岸边，手里举着金刚笔，威严说道："各位英雄，乌鸦令显示，此次出征我们虽有金刚法器相助，但面对的敌人凶残暴虐，法力也高深莫测，极其凶险，再说，王子湖毕竟不是你们的栖息之地，无论它变成天堂还是地狱，你们实在没有必要以性命相搏。我只问一遍，有没有想退出本次行动的，现在还来得及。"

木筏上鸦雀无声。

德克正在猜测，大家是被自己的预言吓住了，还是集体走了神。

就听到兔子喊道："王子湖未必是我们的天堂，但是如果没有它，我们就只能去地狱。德克大师，大伙儿都是自愿报名，既然踏上了这条船，必是抱了九死一生的决心，您就发号令吧！"

话音刚落，其他动物也纷纷高呼：

"发号令，出发！发号令，出发！"

"保卫王子湖！"

"九死一生，在所不辞！"

九死一生……德克不由心生悲怆，诸位太乐观了。

临行前，德克卜问的金刚板上，字迹全无。

《乌鸦令辞》中明确标注：令辞不显，覆灭之祸。

如果不是自己的门牙也跟着罢了工，那就只有一个结果。

此行不是九死一生，而是必死无疑。

2

小鸽子是在队伍刚刚爬进洞口时飞进来的，身后还尾随了一只秃鹫。

德克安排大伙儿早早起床集合，本就想摆脱这个麻烦。只是德克万万没有想到，一向赖床功夫与猪大篷旗鼓相当的小乌鸦，居然，天不亮就起了床。

"赶上了，赶上了。"小鸽子落地，就热烈地拽着德克的裤角，"德克哥哥，出发怎么不喊我一声，多亏我去给你送东西，起了个大早。给给，赶紧试试。"

德克看到，小乌鸦高举着一件像肚兜儿一样的东西，四四方方，两边还缝了系带。

"这个，你没见过吧，"小鸽子看到德克一脸茫然，神神秘秘地招了招手。

等德克弯下腰，把耳朵凑到乌鸦嘴边，就听她嘀咕道："这个，叫作嘴罩，黑大个儿说，在沙漠里他们经常戴，可以防风沙，不过德克哥哥戴上，可不是为了防风沙，是为了遮住你的嘴，这样，大家就看不出你嘴巴不协调了，也就不知道你整牙失败的事情了。"

德克哭笑不得，只好把肚兜套在嘴上。

还别说，大小正合适，还不漏风。

小鸽子又说到，一定要珍惜啊，不能弄丢了啊，嘴罩是自己的外套给改的啊……鸡毛蒜皮，德克环顾一下身边出生入死的战友们，明显有人在偷笑。

这节骨眼上，扰乱军心可不是闹着玩的。

德克一把提起小鸽子："行了行了，嘴罩我也收到了，你可以回去了吧，打扫好你的小房子，等着我回来，哪儿也不准去啊。"

小鸽子可就不依不饶了。

这次行动报名，本是公而告之，小鸽子人小志不短，早早就报了名。

当时，德克也认为小家伙只是出于好玩，吃饱睡足就淡忘下了。没成想，他还是低估了女孩子对"沙漠自驾游"的痴迷和陶醉，小鸽子脑海里，哪有什么刀光血影，全是一幅幅的月映沙丘，篝火连营，吹拉弹唱。

乌鸦这次反抗的手段，也比较单一，只是哭。

也比较奏效。

小鸽子的哭可不是梨花带雨，周围的吃吃作笑也没压抑多久。想象一下，暴风骤雨下的锣鼓喧天，鸡飞狗跳吧。

德克哪见识过这种大场面，赶紧示意黑秃鹫，上前看好孩子，扭头便带着队伍朝黑洞里钻去。

大家一路嬉笑打闹，总得费了半天工夫。

德克突然停下脚步，做了个让大家安静的手势。

众人望去，原是前面出现了一点亮光。

再走几十米，亮光变得越来越大，想必，已经接近了黑洞的沙漠出口。

看到出口临近，哪还需要招呼，所有人都高声呐喊着，几乎用尽了全身力气，冲刺了出去。可惜，在黑暗里呆得太久，光芒反倒变成了一种危险和伤害。

大家痛苦地闭紧了眼睛。

不一会儿，德克缓缓睁开眼睛，却听不到有人说话，全是些急促的呼吸。

眼前是阳光，沙滩，和一座清新的小湖。

阳光并不明媚，只是一束一束的，密密麻麻地照射在小小的湖面上，像漫天星光耀着一盏清酒。

湖面上一丝风也没有，倒有些蝴蝶，每一只都长相奇特，却又漂亮极了，德克自然喊不出它们的名字。岸边的一小片芦苇，德克勉强认识，但旁边那一大片五颜六色的花草，又闻所未闻。

有几只青蛙"扑通扑通"跳进湖里，一些光晕就像缎子一样，漫延开来，仿佛要舔到德克的双脚了，德克却不想躲开。

德克扭头看小鸽子时，小鸽子早早停了蹦跳，一声不响，也是惊得目瞪口呆了。

德克再往小鸽子身后看去，却吓出了一身的冷汗。

大个儿秃鹫，突然像只气球一样膨胀起来，几乎是飘在了湖面上，幸亏没有风。膨胀的秃鹫张开血盆大嘴，一口吞掉小鸽子，又叼住了德克。

德克的手还没碰到脖子上的项圈，就被甩飞了出去。

叭嘀！德克刚刚落稳，身边就掉下了一只乌鸦。

"小鸽子！"德克手忙脚乱地把乌鸦揽在怀里，一手攥住金刚笔，向秃鹫寻去。

却哪里还有秃鹫的身影，德克面前只是一潭乌水。

倒是有几束阳光，但蝴蝶、芦苇、青蛙和那些不知名的花草，却突然没了。

小乌鸦望着眼前空荡荡的乌水池，拉拉德克的衣袖："德克哥哥，他们呢，他们哪儿去了，刚才，黑大个儿还摔了我一个跟头，怎么转眼不见了？"

德克只是把怀里的乌鸦抱紧，并不答话。

德克知道，小鸽子跟自己一样，刚才看到的一切，也全是幻象，据说，在沙漠里经常会出现幻象。幻象消失，德克的耳朵里，却又出现了一些杂乱无章的声音。

又要幻听？

德克甩甩脑袋，杂音却挥之不去。

那些声音断断续续，每一句都听得清清楚楚，连起来却又不知所云，像是一个熟睡的人，在不停说着梦话：天空诅咒这片土地……黄梁树在哀求……筷子做成了刑具……口水做了帮凶……火在哄笑……泪水被点燃……那些流动的灰烬……

无论自己听到的是些什么，一定与失踪的伙伴们有关。德克稳住心神，对着金刚笔，默念一句"显形"令辞，便朝着乌黑的水面，虚划几笔。

平静的水面上，瞬间巨浪翻滚，一条又粗又长的黑影，腾空

而起，直搅得乌水四溅，沙石横飞。

德克抱着小鸽子，闪转腾挪，终没让乌水沾染半滴。

"那是谁？"小鸽子惊颤颤地问。

"不怕，"德克死死盯住半空中蜿蜒的身形，幽幽答道，"是咱的老熟人。"

3

这的确是白鹅大师被抢走的蟒蛇身躯。

驾驭这条身躯的灵魂，也的确是格格森林的老熟人。

蟒蛇在空中折腾了一番，落在离德克不远的沙地上，一副刚刚睡醒的样子，打了几嘴呵欠，眼睛还惺惺忪忪的，就用尾巴揉了揉。

"谁在搅和我的小池塘，想浑水摸鱼吗？"蟒蛇看上去还有些愠怒。

"我是该称呼您白鹅大师呢，还是蟒蛇大师？"德克仰着头，瞪着像座小山一样，绕作一团的蟒蛇，这是蟒蛇在受到惊扰时，作出的攻守反应。

蟒蛇果然不再大意，寻着声音低头张望，惊呆了一小会儿，就大笑起来。

当然，蟒蛇的笑与哭很难区分，尤其是大笑或者大哭的时候。

小鸽子就在德克怀里为自己壮胆："德克哥哥，他一定害怕极了，你看他哭得多么厉害，刚才我都没哭。"

德克拍拍怀里的乌鸦，等着蟒蛇笑完。

"原来是小师弟啊。"蟒蛇热情地往前凑了凑，游动的舌头，几乎伸到了德克的嘴罩上，"我终于把你盼出来了，尊敬的乌鸦大师。"

德克冷冷一笑："怎么，大师兄，把沙漠动物们杀光了，有点孤独了？"

"孤独？"蟒蛇猛然往后抽了抽舌头，就地旋转着身子，又是一阵沙土飞扬，"对，孤独，我虽然不喜欢那些乌泱泱的村民，但我更憎恨孤独，它让我感到恐惧。"

蟒蛇一边说着一边打滚，像个得不到玩具的孩子。

"我每次做梦，都只会梦到，漫天漫地的暴风和黄沙，我害怕，我的灵魂会在孤独中，一点一点……一点一点地……零落……"

说到灵魂和零落，蟒蛇又像个诗人一样，望着天空，一动不动。

"你有没有在噩梦中哭醒过？小乌鸦……"蟒蛇突然蹿到跟前，朝着小鸽子挤挤眼睛，德克赶紧往后退了几步。

小鸽子大概觉得，这条蟒蛇又蹦又跳，如此可爱，定然邪恶不到哪儿去。居然探出脑袋，与蟒蛇交流起来："没有没有，我哭醒，都是因为梦到了特别高兴的事情，我害怕一觉醒来，它们就没有了。"

德克赶紧把小鸽子的脑袋摁回怀里。

德克知道，这个本来就不怎么熟悉的坏家伙，正在变得更加陌生。

但无论如何，蟒蛇的杀人不眨眼，可是个事实。一个杀人不眨眼的恶棍，说谎也不会眨眼。白鹅大师曾经反复告诫过德克，遇到蟒蛇，千万不要相信他说的任何一句话。

白鹅说，这个孽徒连做梦都在说谎，他睡着的时候都不值得信任。

蟒蛇一定是憋了很久的谎话，没有跟别人说过，德克从没见过如此啰嗦的坏蛋。

蟒蛇从中午一直说到傍晚。

"这些黑漆漆的水特别有营养，"蟒蛇又说到了乌水。

"你一定以为，这是些邪恶的东西，黑漆漆的东西，就一定是邪恶的吗？你怀里的乌鸦不是黑漆漆的吗？格格森林里新造的小屋子，不是黑漆漆的吗？它还为你们遮风挡雨呢。"

蟒蛇居然为自己的谎言委屈起来。

"真相……"德克不由默念了一句《乌鸦令辞》。

德克实在不知道，一个恶贯满盈的家伙，为什么要费力气去编造这么多的谎言，说谎能纾解他的孤独吗？

蟒蛇看到，德克拿着一支金刚笔戳向自己，愣了一下。

"你不相信我说的话？"蟒蛇仿佛受到了莫大的侮辱，"你竟然质疑我，浪费神圣的《乌鸦令辞》，来验证我有没有说谎。"

结果，蟒蛇把杜撰了一下午的故事，一字不漏又说了一遍，这次说到了半夜。

德克像根木头一样，杵在沙漠的夜晚里，他并没有点燃火烛。

不远处，一棵枯死了很久很久的黄梁树，正在燃烧，把周围照得通明，小鸽子正在围着心仪已久的篝火，又唱又跳。

"很遗憾以这种方式认识您，很遗憾让您知道了这一切，乌鸦大师。"蟒蛇说完最后一句，就消失在了黑色的池塘里。

德克的脑袋里一片空白，只见他缓缓举起了手中的金刚笔："真相……"

德克把笔尖指向了自己的脑门。

十八、邪恶的乌鸦令

1

德克空洞洞的脑海里，渐渐有了一些碎片。

渐渐有了湖，有了山，有了森林，有了太阳和月亮。又渐渐出现了一张张的脸，有的熟悉，有的陌生。

"我们都是大立方洲的囚徒……"德克回忆起蟒蛇的第一句"谎言"，就感觉自己像长了翅膀，飘在了半空，自上而下俯视着曾经发生过的一切。

德克看到，几只恐龙正聚集在格格森林的黄梁树下，其中一只恶狠狠地说道："我们都是大立方洲的囚徒。"

画面一转，王子湖边，几只恐龙在凿崖破壁，越凿越深，越凿越深。

画面像翻书一样，不停地翻转着，恐龙们凿出了一条黑洞，黑洞直通沙漠。

恐龙们在黑夜里追逐，追逐着羚羊，或者兔子、肥猪、骆驼，最后是蜥蜴，猎物们很快被猎杀，吃光。

鸭嘴龙大师从黄梁树上取下金刚碗，与自己手中的金刚板合璧，幻化成门锁，封死了黑洞。

几只恐龙在逼鸭嘴龙大师交出金刚钥匙，大师誓死不从，终于被咬成了重伤。躲在石床下的残疾蜥蜴爬了出来，奄奄一息的鸭嘴龙跟他说着什么。

蜥蜴变成了蟒蛇。

蟒蛇在一堆恐龙蛋中挑拣了一枚，却孵出了白鹅。

恐龙开始一只只死掉，越来越少……

"恐龙之祖曾立下誓约，世世代代，以格格森林的草木为食，"蟒蛇的这些话，再次在德克的耳朵里响起，每一句都是乌鸦令过滤后的真相，"这些不孝子孙却利欲熏心，沾了荤腥，搞得自己性情大变，还害死了乌鸦大师，自然会遭受天谴。尊敬的乌鸦大师，你救不了他们的，你甚至救不了自己，恐龙一定会灭绝的。"

德克被噩梦一样的现实，折腾了一夜，身心俱疲。

小鸽子却围着燃烧的篝火兴致不减，见到火势越来越小，渐渐地快要熄灭了，就跑来央求德克，再用金刚笔把蟒蛇叫醒，出来为她生火。

这棵枯树，的确是在小乌鸦的祈求下，蟒蛇为她点燃的。

当时蟒蛇只是含了一口黑色的池水，轻轻一喷，就是一道火舌。

德克担心着族群的命运，本不想去搭理那些吞水吐火之类的街头把戏，但经不住小鸽子的再三苦求，只好有气无力地拿金刚笔，往黑池子里一指。

蟒蛇又被风浪掀了出来，睡眠严重不足，怒气冲冲地拿黑眼圈瞪着德克。

德克懒懒地一指乌鸦。

"噢，篝火。"蟒蛇嘿嘿阴笑，"回去看吧，现在整个格格森林都在燃烧，那可是一团很大的篝火。"

迷迷糊糊的德克，瞬间惊醒："你说什么？"

"怎么，你忘记了吗？我也曾经是一位乌鸦大师啊，我也是恐龙一族的保护神，我怎么忍心，看着恐龙一族就这样被灭绝了呢？"

"你到底做了什么？"德克化笔为枪，指向了蟒蛇。

蟒蛇朝着德克的笔尖摇了摇头："算了算了，别费事了，你手头的那点三级乌鸦令，还是留着给父老乡亲们算算命吧，我让你见识一下，什么是高级的乌鸦令。"

蟒蛇说着，身子笔直地伸向天空，倒像一根大号的筷子。

德克的耳朵里，又响起那些断断续续的呓语：天空诅咒这片土地……黄梁树在哀求……筷子做成了刑具……

德克刚要捂紧耳朵，就看到从水池边的沙地里，不停地"长"出来一些东西，那些东西越长越高。

德克眼睛昏花，却听到小鸽子嚷道："是黑大个儿，还有猪大篷，公鸡……"

德克眼前，也渐渐变得清晰。

那一个个从沙地里冒出来的，正是失踪了整整一夜的小伙伴们。

2

小伙伴们一个不落地悬浮在半空，闭着眼睛，没有一丝活着的气息。

难道他们已经溺水而亡了？

德克红着眼圈，口中哀嚎，第一次念动了"攻击"的《乌鸦令辞》。那只金刚笔"嗖"地一声，长出尺许，笔尖寒光闪闪，透着钢枪般的杀气。

德克双手一挺，直直向蟒蛇攻去。

蟒蛇并不躲避，只是把身子圈成弹簧的形状，待枪尖靠近，嘴里蹦出个"缠"字诀，德克感觉眼前一晃，便连枪带人，被蟒蛇缠了个结实。

蟒蛇并没有痛下杀手，只是翻身一转，就把德克甩了出去。

德克正要再次飞扑，蟒蛇却摇摇尾巴："乌鸦大师，你不用急着报仇，你的朋友没死，他们只是休眠而已，没看到身上裹着一层黑冰吗？"

德克对休眠并不陌生，格格森林里的恐龙，就在冰天雪地的那段时间里，集体休眠过，醒来之后，身体并无大碍。但是，自己的伙伴们，又不惧怕寒冬，再说，如今沙漠里酷热难耐，哪需要什么休眠。

德克一时间摸不着头脑，望了望悬在半空的伙伴，忿忿地盯向蟒蛇。

"我知道他们不需要冬眠，"蟒蛇腾空而起，在安静的动物之间穿行，嗅着他们的体温，"但如果想要变成冷血动物，想变得没有体温，他们就需要休眠。乌鸦大师还记不记得，那群冬眠过的恐龙。"

说话间，蟒蛇已游走到德克跟前。

"恐龙一族原本算些温血动物，但经过冬眠，他们的血液就会彻底冷却……"

"你到底用了什么邪恶的魔法？"

"邪恶？魔法？"蟒蛇狂笑着在地上打了个滚儿，"乌鸦大师竟然说自己的《乌鸦令辞》是邪恶的魔法，可笑可笑。"

蟒蛇突然停止闹腾，一本正经地注视着德克。

"你手里的《乌鸦令辞》，的确不会告诉你这些高级的法咒，但如果你把它放进王子湖里洗一洗，那些黑暗的令辞，就会显现出来，这就是《乌鸦令辞》的升级版本，我也是机缘巧合，不小心得到了这个秘密。唉，天降大任啊……嘿嘿嘿嘿。"

德克并不怀疑对方的法力，但是无论多么高级的《乌鸦令辞》，不都是为了拯救天下苍生而生的吗，蟒蛇为什么要把大家变成冷血动物呢？

"我这样做，正是为了拯救恐龙啊，只有这样，才能避免恐龙一族灭绝的命运。"蟒蛇显然读到德克的心声。

蟒蛇开始一句一句解释自己的良苦用心。

蟒蛇先是说到当初与师父互换身体。

当年，大师亲口告诉自己，他还是四脚蜥蜴的时候，受了重伤，椎骨寸断，鸭嘴龙为救其性命，便把金刚钥匙植入蜥蜴体内。这把钥匙本是金刚笔所变幻，自己偷出的新版《乌鸦令辞》，便需要它的点化，才能发挥威力。

蟒蛇从令辞上获知，恐龙之祖，本是一条浑身冰冷的金龙。

金龙的无上法力便是喷火。金龙能够喷火，是因为常年饮用一种叫作乌金的液体。这种液体储藏在很深很深的沙层之下，可惜早在上古时期，就被金龙消耗殆尽了。

"这时，就多亏了沙魔师祖。"蟒蛇说到这儿，竟然满脸的虔诚。

德克从没听说过什么"沙魔师祖"，但能让蟒蛇毕恭毕敬，定然是个了不起的神物。

蟒蛇却没怎么细说他的沙魔师祖，听来听去，德克感觉蟒蛇也不怎么熟悉。

只是如此神物，却总是给蟒蛇托梦，教他如何利用手中的法器咒语，把一座座绿洲埋进地下，制造出枯竭了的乌金。如何让他经历休眠剔除体温，以乌金为食喷吐烈焰。

可惜，乌金原为亿万年的产物，如此粗制滥造，品质上就受了影响，本该浓稠油亮的乌金，变成了稀薄浑浊的乌水，勉强喝下，吐出的火苗也时大时小，效果很不稳定。

蟒蛇就想到了恐龙。

"明人不说暗话，"蟒蛇的语气里充满了坦荡，"让恐龙变得冷血，变成能够食乌喷火的同行，我的确存有私心，是为了帮我得到更多的灰烬，埋进地下得到上好的乌金，改善一下伙食。但是，恐龙一族，也会因此摆脱灭绝的命运，可以世世代代存活下去啊，这是一件两全其美的事情啊。"

蟒蛇的眼神也变得真诚了很多："想不想合作一下呢，乌鸦大师。"

"恐龙宁死也不会去做你的帮凶！"德克手里的金刚笔，已被握得叮叮作响，含在嘴里的乌鸦令也像脚步一样沉重。

《乌鸦令辞》中最后那句"合于污，归于尽"，白鹅曾反复叮嘱德克万不可用，一旦令出，虽万恶除尽，施令者也会身神俱散，灰飞烟灭。

德克倒感觉如此威力的乌鸦令，用在此时，恰如其分。

德克望了望熟睡的伙伴，望了望不谙世事的小鸽子。

美梦和噩梦都已经足够长了。

天亮不亮，都该醒了。

3

德克挺笔一指，与恶蟒同归于尽的《乌鸦令辞》，正要脱口而出。

"德克哥哥，"不远处的小鸽子，却徐徐飞来，落在德克的胳膊上，"咱们活着不就是为了填饱肚子吗？"

直到近前，德克才看清乌鸦的眼神里透着诡异。

"我们做一只冷血动物有什么不好，这儿乌水充足，我们睁开眼睛，就是自己的一日三餐，我们一家人还可以长长久久地呆在一起，我们什么也不用去做，也不用努力……"

德克感觉，小鸽子的话，跟眼神一样诡异。

德克害怕小家伙受了蟒蛇的蛊惑，赶紧咽下令辞，一心劝道："小鸽子，你记住，如果我们不努力，那我们跟这些沙子有什么两样呢？我们虽然可以靠喝乌水活着，但只是一堆死气沉沉的废物，有谁会喜欢我们呢？"

乌鸦听到这儿，却莞尔一笑，何止诡异，简直妖冶得很。

德克正要施法，稳住小鸽子的心神。

乌鸦竟一把夺过德克手中的金刚笔，口中喋喋不休，念了些德克都听不懂的法咒。

说来古怪，神笔眨眼间变长了数十倍，直与蟒蛇的身形无异，变完便疾速戳了过去。

蟒蛇正惊诧于小鸟的反常，却冷不防一根钢钎直插过来，本能之下，又把身子圈成了弹簧。这次金刚笔倒学乖了，被缠住的一刹那，也圈成了弹簧模样，与蟒蛇扭在了一起。

乌鸦并不罢手，嘴里的法咒疾如雨下，声浪一波盖过一波，那扭在一起的两只弹簧，竟也跟着急速旋转。

越转越快，越转越小。

顷刻之间，两条粗狂的身形，竟变成了一截麻花大小，叮当一声，掉落在了沙地上。

德克毕竟见识过小鸽子的威风，本不意外，但放眼望去，自始至终，那只乌鸦完全没有发生什么变化，眼睛没有变红，声音也不陌生……

声音？等等。

声音的确并不陌生。

"德克，老夫没看错你。"乌鸦飞回德克肩头，用翅膀拍拍骨冠龙的后脑勺。

"白鹅大师！"透过嘴罩，都能看到德克张大了嘴巴。

如果，刚才熟悉的声音，德克还在迟疑，那么刚才拍自己后脑勺的动作，却是老白鹅特有的习惯，小鸽子是绝对不会对自己的德克哥哥做出如此举动的。

乌鸦点点脑袋，飞落到麻花旁边。

与金刚笔缠在一起的，依然是一条蟒蛇模样，长短粗细却缩成了蚯蚓。

"孽徒，"大师怒骂，"你毕竟也是一只白禽出身，怎么会生出一颗如此肮脏之心啊。当然，这是个脏活儿，你来做再适合不过了。"

蟒蛇身体被困，又被乌鸦捏在手里，痛苦不堪，却并不求饶："老匹夫，居然被你蒙骗了，想要秋后算账是吧。"

"算账这事儿，与季节可没什么关系，老身只是不辱先师遗命，寻回全部的金刚法器，重振法纲而已。"

大师胜券在握，看着德克迷惑的表情，便不急于清理门户，就着小鸽子的伶牙俐齿，说出了自己的妙计。

当初，白鹅大师吩咐德克打开黑洞门锁，放兔子他们进洲，就已经算到，他们是敌手故意留下活口，利用乌鸦大师的慈悲，疏通暗道。

金刚门锁，当年被鸭嘴龙施下了最为坚固的金刚死咒，一旦封锁，雷霆莫开，除非动用金刚钥匙。然而门锁开启，也再难复闭。

因暗道系逆贼所凿，为通往大立方洲唯一的污秽之道，利用污道，才能任由乌水涌入王子湖。才能引得德克出洲，乌鸦随行。

白鹅也才不违遮日之誓，附于乌鸦体内，收服逆徒。

大师又把目光转向小蟒，啧啧叹道："你强抢我的身体，无非是知道了我体内金刚笔的秘密，却不曾想到，这金刚笔无论是由金刚眉羽还是金刚筷子所化，那都是一双的，两件法器隔离良久，一旦相遇，施以合壁法咒，必融为一体，永世再难分开，你那黑化万物的高级乌鸦令，也奈何不了。"

小蟒蛇张大嘴巴，想必是要吐出点火焰，却只是干咳了几声。

大师见这恶蟒依然执迷不悟，不由怒火中烧，利用乌鸦的尖爪，死死卡住对方的脖子，勃然骂道："你算什么东西，竟然觊觎金龙师祖的不世之功。师祖乃天育灵蛇，经千年苦修始成行风之蛟，历万年雷劫方成主水之龙，再逾几个万年终成无上金龙，你只闻金龙背生幅翼，法力凛凛，却不知师祖一路泽恩布施，保四海安宁，方能与天地同寿，哪是你这种藏污纳垢之辈所能企及，我呸！不自量力。"

蟒蛇体内的金刚筷子，本就伸到了喉咙，又被乌鸦这般死死拿捏，眼瞅着就要气绝身亡了。

德克想想伙计们还在空中吊着呢，自己又解不了这黑化的乌鸦令，赶紧上前，作了些"乌鸦大师不能杀生"之类的劝阻。

大师这才迟迟罢手。

小蟒蛇经此恐吓，没死也脱了层皮，脖子一歪，昏死过去。

乌鸦体内的大师，知道正是取回身躯的绝好时机，游魂不知不觉，便钻入蟒蛇体内。

蟒蛇那小小的身体，怎能同时承载黑白两位乌鸦大师的英灵。一股黑烟过后，那小小的肉体，便随风而逝，只剩下两根紧紧缠在一起的金刚筷子。

两根筷子除了一黑一白，外型本无二般，只是其中一根镶了颗门牙。

"德克哥哥，"小鸽子也终于清醒了过来，"大蟒蛇呢？我的篝火都要灭了。"

德克却不搭理，手握麻花笔，口吐乌鸦令，对着吊在半空的动物们指指点点。

半天过后，却没有一只动物被唤醒。

十九、森林，灰烬和沙漠

1

德克手舞足蹈忙活了半天，依然无济于事。

德克直累得一屁股坐在沙丘上，摘下嘴罩，吐着舌头。

小鸽子悄悄上前，小声小气地问德克哥哥，刚才是在跳舞吗？实在难看极了……

"丫头，"德克好歹调匀了呼吸，沮丧地说，"我解不了那只恶蟒施下的乌鸦令，我的朋友们，可能永远醒不过来了，他们被冻成了冰棍……"

德克说到伤心处，眼泪忍不住要夺眶而出，白鹅大师那句"千万不能流泪"的警诫，早已抛至脑后。

德克却突然被耀得满面红光，瞪大了眼睛。

就在刚才，小鸽子竟然一头扎进烟雾缭绕的灰烬中，奋力扇动着翅膀，嘴里高声鸣叫着，倒似在翩翩起舞。那些未尽的火炭，就随着乌鸦的舞动，散发出湖兰色的火光，像一只只风铃，飘到休眠动物们身边。

动物们身上的黑冰正在融化，有几只甚至冒出了青烟。

火有点旺。

德克开始听到了接二连三的"哎哟"声。

德克并没有去查验，那些掉在地上的伙伴，是被火烧疼的，还是摔疼的。

德克只是拔腿跑向了火堆。

火堆里的乌鸦，依然在红着眼睛，大唱大跳，身上的羽毛被点燃了大半。

德克冲进火堆，拽下自己的嘴罩，把小鸽子包个结实。乌鸦也消停了下来，眼睛慢慢变得澄澈，身体却依然冰凉。德克知道，小鸽子定是为了解除动物们身上的邪令，才冒着椎心彻骨之痛，动用了梦里三脚乌鸦教自己的法咒。

乌鸦被恐龙揽在怀里，虚弱地问："德克哥哥，大个儿他们，身上的冰咒解了吗？"

德克点点头，眼睛里雾蒙蒙的，抿着嘴巴，久久没有说话。

小鸽子只道是，自己的德克哥哥，因为摘掉了嘴罩，才不敢张嘴。余光中，又瞅见一大群脱了险的动物们朝这边赶来，便一个翻身，跳到德克耳后，扯下身上的嘴罩，给德克戴了回去。

德克看到小鸽子那一片被烧焦了的羽毛，眼里的雾气更重了。

"是谁！"跑在队伍前头的大白兔叫嚷着，"是谁干的，差点把我烤熟了！"

德克定睛看去，兔子实在有点言过其实，只是熏黑了半边的白色长毛而已，离皮肉还远着呢。公鸡和肥猪被烤得火候稍微重了些，反倒彬彬有礼，只是轻声向德克打探，刚才，是谁家的孩子在玩火？

没等德克解释，小乌鸦就抱着光溜溜的翅膀，上前一步，字正腔圆地喊出了第一人称。

肥猪眼拙，扭头问红眼兔子："这是什么东西啊？跟个烤地瓜似的。"

"这个……咱可以用排除法。"兔子盯着乌鸦沉吟半天，"首先，这不是胡萝卜。"

"不是虫子。"公鸡说。

"不是骨头。"赶来的狼狗说。

鼹鼠、灰鼠小瓶子，还有骆驼、羚羊等其他义军动物，林林总总凑了过来，参与了猜测，小鸽子的身份，就被你一句我一句的"不是稻米穗、不是玉米棒子、不是仙人掌"什么的，全部排除在外。

德克却只是站在一旁，眉开眼笑。

动物们何尝认不出这只可爱的小乌鸦，又何尝猜不到，是这小丫头舍了一身光亮的羽毛，破除了众人的冰封之咒。

直到秃鹫最后赶了过来，一把抱起小乌鸦，嘴里"小鸽子，小鸽子"叫着，众人这才停止佯怒，集体喊着"小鸽子，小鸽子"，拥上前去，把小英雄抛向了天空。

荒凉的沙漠，一下子变得热情起来。

风沙也温柔了太多，刮在脸上软麻麻的，像些花絮。

2

众人沿着黑洞，一路钻回了王子湖。

洞里的乌水虽已断流，王子湖里却再也看不到一滴清澈的湖水。

王子湖变成了一个更大的乌水池。

大家赶紧跳上木筏向格格森林划去……然而，哪里还有格格森林。

德克爬上崖头，面前只是一望无际的灰烬。

德克的眼里，再也看不到一棵古树，看不到一片绿叶和一棵小草。放眼望去，到处都是黑色的焦土，散发着灰尘的味道。

德克带着大伙一步一步往前走去，踩下的每一个脚印，都会扬起一股黑烟，像些幽灵。

"有花！"队伍里突然有人喊道。

那一大片灰烬里，坐落着大大小小的黑土包，应该是火灾前居民们新凿的小房子。几个黑土包上，果然开出了五颜六色的"花朵"。

"别被这些幻术给欺骗了"德克手握金刚笔，低声提醒，"现在的格格森林里，只剩下了灰烬，哪会有什么花朵。"

大家对德克的话深信不疑，走近一看，那的确不是些五颜六色的花。

那只是些五颜六色的炊烟。

德克推开第一座房子的两扇门，发现正是小鼠龙的家，小鼠龙正在家里烧火做饭，烧的是七彩团花的树枝，自然就冒出了一些五颜六色的炊烟，像些五颜六色的花朵。

恐龙抬头看到德克，顾不得高兴，赶紧跑出家门，发出了一声长啸。

家家户户的门被推开，所有的恐龙齐聚了过来。

他们看到自己的乌鸦大师完好无损，个个喜出望外，恨不得跪在灰烬里，对着苍天拜谢。

白鹅大师失踪后，他们一直在战战兢兢地过日子。恐龙家族的生活里，实在不能没有乌鸦大师，没有乌鸦令。

"我们留在森林里的义军呢？"兔子将军紧张地看着身边的一群恐龙，又看看德克，"鸵鸟小姐她们呢？"

德克赶紧翻译。

"乌鸦洞，"小鼠龙一指白鹅的住所，"她们一直躲在乌鸦大师的房子里。"

兔子不等德克重复，已猜到了大概，带着几个手下，便冲了过去。

白鹅大师的房子，因为宽敞，不但塞下了滞留在森林里的所有沙漠动物，还挽救了一堆没有被烧毁的团花树枝。

可惜，两道门还是被挤掉了一扇，失去了防风隔尘的作用。德克当年吐过血水的地板上，满是厚厚的灰渍。德克终于明白了，当初，兔子执意在一间房子上凿刻两道门的用意。

躲进白鹅家里的留守动物，本是些爱美的娇贵小姐，如今却个个衣衫褴褛，灰头土脸。

好在，远征归来的队员，也大都狼狈不堪，烧得焦头烂额。

动物们抱着头痛哭了一会儿，就相互对望着，破涕大笑。

众人哭哭笑笑间，德克就了解到，部队离开没多久，恐龙们看到染黑的王子湖，突然躁动起来，争相跑到湖边喝起了乌黑的湖水。

每条恐龙都把肚子喝的鼓鼓的，却没有一只觉得腹痛。反而个个拍着肚皮，打着饱嗝，意犹未尽的样子。

接下来的时间里，恐龙们就不停喝乌水，森林里的树叶和青草他们闻都不闻。

到了夜晚，恐龙们也不再需要乌鸦大师留下的火烛。每一只恐龙的嘴巴里，都在喷着火苗，他们用这些火苗照明，取暖，生火做饭。

恐龙的饭锅里也只是些乌水。

他们会把锅里的乌水熬得更加粘稠一些，改善口感。喝了粘稠的乌水，喷出的火苗也会更大。更大的火苗会在夜里照亮更远的路，会让恐龙冰凉的身体更加暖和。直到出现了足够大的火苗，直到森林里的第一棵古树被点燃。

格格森林很快就变成了一片火海，火焰熄灭，就变成了一地灰烬。

恐龙们却有了更大的发现，只要把乌黑的湖水与乌黑的灰烬掺在一起，熬出的乌水会更加粘稠，口感会更加丝滑，喷出的火苗也会更加猛烈。

而且，无论王子湖里的乌水，还是格格森林化成的灰烬，这些美味的食材，都是无穷无尽的。

恐龙们从没有过如此的满足，想想过去那些吃糠咽菜的日子，肠子都悔绿了。

"如果，那位提议大家冬眠的乌鸦大师再次回来，我们一定会用最粘稠的乌水招待他，感激他。"恐龙们由衷地想。

无论他是一只白鹅，还是一条蟒蛇。

3

"老黑，看到没，他们在怀念我。"

德克的耳朵里，像是爬进了一只虫子，在细声细气地说话。

"你个老白，"不对，是两只虫子，两只虫子在德克的耳朵里，细声细气地说话，"每次都是坏事做尽，我来替你擦屁股。"

"嘿嘿，不找点乐子，生活该多么无趣啊？"

"几万年了，你还没闹够。"

德克停止拍打自己的耳朵，伸手就把脖子上的项圈摘了下来。

德克确定那不是两只虫子，他们是两根筷子。

毕竟，白鹅与蟒蛇的声音自己再熟悉不过。德克仔细端详着举在手里的麻花笔杆，一根洁白如玉，一根漆黑如墨，缠绵交错，珠联璧合，哪还有半点仇怨。

自己的一颗门牙，倒显得多余了。

正事要紧，德克赶紧把筷子往灰烬里一插，双手合十："二位大师，如今森林尽毁，湖水遭到了污染，这以后，动物们吃啥喝啥啊？"

耳朵里的声音却沉默了起来。

德克往前凑了凑，手势不变，干脆跪在地上磕头一拜，拜完又把刚才的问话重复了一遍。

筷子们依然沉默不语。

德克心想，这些上古法器，阅历过人间太多悲喜，离开蟒蛇白鹅的肉体凡胎，本就是些冷冰冰的金刚之躯，又怎会与自己心意相通。

德克起身拍拍膝盖上的灰尘，抓回金刚笔，就要另寻他法。

两只虫子却又在耳朵里嘀咕。

"老黑，咱选的这只恐龙，是不是有点傻啊，他刚才是撅着屁股在地上啃土吗？"

"骨冠龙在恐龙里面，算最聪明的，其他的更傻。老白，帮我想想，我到底有没有教过他乌鸦令的祈令方法？"

"应该教了吧，他的门牙不是还插在你头顶上吗？咱俩现在拧在一起，是一只金刚笔，不是双筷子。他怀里的那只金刚碗变成金刚砚，金刚板变成金刚纸。你想，金刚笔是干嘛的，不就是蘸着金刚砚里的墨水，在金刚纸上写乌鸦令的吗……"

德克这才一拍脑袋，自己怎么就把老本行给忘掉了。

嘿嘿，这对儿可爱的虫子，多谢提醒。

德克哪里还敢怠慢，依次掏出金刚纸砚，对着皮囊默念心意，化水为墨，一句"水火何解"的祈令辞，跃然纸上。

乌鸦令的墨迹渐渐清晰。

只听德克喃喃念道："王子湖底，金龟犹寿。"

令辞并不难懂，德克却依然百思不解。

这王子湖不但水面辽阔，更是深不可测，如果依乌鸦令所示，解决目前的火灾水患，就要去王子湖底，找一只上了年纪的老金龟。且不说自己的水性还不如金虎的狗刨，就算不顾死活，沉到湖底，在这么大片水域里，去摸索一只王八，无异于大海捞针啊。

德克正在左右为难，却看到小鸽子匆匆忙忙飞了过来，嘴里嚷着："德克哥哥，快去看看吧，恐龙跟兔子他们吵起来了。"

德克用力抓了抓头皮，这真是一群不让人省心的家伙。

翻译都不在场，你们能吵尽兴吗。

二十、王子湖底的金龟

1

恐龙的确与沙漠义军们起了口角。

恐龙们嘴笨，言语上也没多少花哨，只能打着手势表示，要取走乌鸦大师房间里的七彩树枝，这是他们煮食乌水的唯一燃料。

兔子为首的义军，先是口头阻止，后来就变成了争吵。

其实，只是大白兔一个人在争吵。兔子吵起架来相当夸张，每吵一句，下巴与嘴唇就扭来扭去，仿佛含了一枚刚出锅的萝卜丸子，特别烫嘴。

看得出，现场的恐龙并不认为这是一场冲突，他们只是执着，指一下堆在墙角的木柴，就饶有兴趣地欣赏一会儿兔子的表演。

然后再指一下，再欣赏一会儿。

恐龙们非但不生气，甚至特别迷恋那张扭来扭去的鬼脸，和两条长长的耳朵，还有那些全然听不懂，却美妙动听的沙漠语言。

兔子正吵道："你们的血是冷的，还要去喝那些乌水，即使天天喷火，你们的血液也沸腾不起来，也会冻得发抖。赶紧醒醒吧，别让那些咒语左右你们，乌鸦令也决定不了你们的生死。咱只要把这些鲜树枝插进泥土里，就会生根发芽，就会长出树叶。你们吃树叶有什么不好？那总归是新鲜的。那些乌水，总是些腐败的东西……"

再看那群恐龙，又一指木柴，指完就集体望了过来。

兔子累得口眼歪斜，看到德克，简直就是看到了一颗救命的小星星。

兔子知道，这群恐龙，只有对乌鸦大师和乌鸦令唯命是从，即便德克这样的新锐，也是人人敬畏，而且经过前几日的意外，兔子也体会到了乌鸦令的双面性，那乌鸦大师嘴里吐出了的乌鸦令，可能是一个美好的愿望，也可能是一把杀人的刀。

若说你有罪，残缺的月亮都是被你啃掉的，罪大恶极。

德克想来想去，沙漠动物们要在烧焦的土地上种树，自然是件好事。

但恐龙们说现在太阳出现得越来越少，气温下降得厉害，自己如果喝不到浓稠的乌水，吐不出足够旺盛的火苗，就会浑身发冷。没有火，又没有沙漠动物们那样保暖的皮毛，恐龙早晚会冻饿而死，这也是事实。

德克正在左右为难，耳朵里却又有虫子在说话。

"老黑，这个乌鸦大师，不知道金刚锁有变幻多少之术吗？"

"老白，你帮我想想，我倒底教没教他那句金刚变的口诀啊。"

"嘿，那是人家金鸦太婆留给孩子的儿歌，你偷偷传给徒子徒孙，就不仗义了……"

德克闻听大喜，能变幻多少？

有这宝贝，要多少木柴没有哇。

德克忙从怀中取出金刚碗，把小鸽子唤到跟前，讲了些聚宝盆的妙处，让她对着法器念念那句"金刚碗，金刚板，金刚筷子，金刚变"。

这些梦里得到的家传，虽然关键时刻堪当大任，但每次操作，小鸽子的身体都会冻得僵硬，眼睛火辣辣地疼。

小鸽子心里一打怵，咒语就打了折扣，金刚碗倒是在乌鸦的儿歌下变成了"聚宝盆"，放进去又取出来的的七彩木头，却并未增长。

德克看到小鸽子痛苦的表情，便不忍心让她再去作法念咒，只是靠前摘下嘴罩，对着盆子仔细研究了半天，终未看出什么玄机。

突然，屋外起了一声惊雷。

德克手头一滑，嘴罩便掉进了聚宝盆中。

见证奇迹的时刻这就来了，木柴没能增长，嘴罩却一只只地取之不尽。

德克恍然大悟，刚才并非乌鸦的咒语失力，实在是格格森林的天性所致。

格格森林自生至亡，都在恪守一个规律，"生而唯一，格格不入"，格格森林因此得名。所以，在格格森林里生长的一切活着的生灵，包括花草树木，恐龙，甚至乌鸦大师，都保持了绝对的唯一性，从无雷同。

至于身外之物，就没那些讲究了。

德克指挥大家，利用源源不断的嘴罩，为恐龙们缝制了足量的衣袍，又有沙漠动物贡献了些换下的锦羽绵毛，粘在了衣袍上。

所有的恐龙穿戴起来，哪里还有一点冷血动物的样子，这儿几只斑斓飞禽，那儿几头杂毛野兽，倒像是一个其乐融融的大家庭。

鼹鼠王子又从白鹅床下，找到了一只酒囊做成的大布袋，里面竟是自己当初每天挖储的坚果，德克便吩咐分发下去，作为大家临时应急的口粮。

至于饮水，德克取下自己腰间的水囊。

这就是一口水井。

2

平静日子过了没几天。

德克抬头望望，应该是个中午。

最近因为灰霾遮挡，太阳总是行踪不定。所有动物的头顶上，若是灰蒙蒙的一片，就算是个大白天。如果黑蒙蒙了，就算夜晚。

德克被小鸽子拖来，看她种的那棵黄梁树，兔子几个正在为栽好的七棵树苗浇水。

说来幸运，那些被污染的湖水，动物们闻之作呕，浇给树苗，却喜欢得不得了，那些七彩团花留下来的枯枝残叶，很快便生根发芽，绿意盎然，不几日就窜得望不到树梢。

眼看着树苗长势迅猛，几个植树者喜不自胜，除了小乌鸦的黄梁树，顺便给其他六棵也起了名字，根据颜色，依次叫作绿梁树，青梁树，蓝梁树，紫梁树，红梁树，橙梁树。

恰恰是彩虹的颜色。

兔子总是骄傲地说，等阳光出来，格格森林就会变成一团彩虹。

所有的动物们，就特别盼望着阳光早日出来，特别盼望着让自己生活的格格森林，变成一团彩虹。

包括那些恐龙，他们不但渐渐恢复了体温，还重新喜欢上了树叶的味道。

"乌鸦！好多乌鸦！"王子湖边，突然传来几只动物的惊叫。

德克寻声望去，果然看到，从王子湖里飞出很多很多的"乌鸦"。

那些"乌鸦"并没有发出"呱呱呱呱"的鸣叫，只是静悄悄地，朝着灰蒙蒙的空中飞去。它们的速度很快，一只接着一只，每一只都像用力射出的黑箭。

那些乌鸦们在无休无止地飞着，连天色都变得越来越暗。

德克心里一片茫然，不知道接下去会发生什么，就取下项圈，要祈问一下乌鸦令。

未及提笔，耳朵里却似乎又传来些细声细语。

德克赶紧拿双手捧起金刚笔，立于眉心，像捧着一座神龛。

声音这才越来越清晰。

"老黑，老沙那个魔头都快把王子湖吸干了，这小子怎么还是无动于衷啊。咱选的是一条骨冠龙吗？不会是一条猪冠龙吧。"

"放心吧老白，没那么瘦的猪头。你帮我想想，我到底有没有告诉他去找老乌龟啊？"

"有，你还文绉绉告诉他，王子湖底，金龟犹寿。他会不会不认识那个犹字啊，早就告诉你把《乌鸦令辞》改得通俗一点儿，直接告诉他，到湖底下去，找那只金黄色的老鳖不就行了，还白白浪费我那只可以潜水带路的神龙布袋，做了禽兽们的公用水壶。"

"不就是一张脱下来的蛇皮嘛，改天再给你脱一张……"

说话间，德克已经飞奔到王子湖边的崖头。

那些飞向天空的，果然不是什么"乌鸦"，它们是一大滴一大滴的乌水。

随着飞升的乌水越来越多，王子湖的水岸线正在迅速消退，远处的湖底，很快就露出了大大小小的岩石和干裂的泥土。

"金龟……"德克望着正在干枯的王子湖，心里想着对策。

德克知道，金刚筷子嘴里的魔头，应该是恶蟒曾经提过的"沙魔师祖"，目前像流沙一样流失的湖水，也铁定是这魔头的邪道，虽然这些乌水去了哪儿，被做成了什么，自己不得而知，但绝对不会是什么赏心悦目的好事。

"一定要找到金龟。"德克望着王子湖底的大片空地，下定了决心。

那些空地上，一定泥泞无比，甚至像被燃烧殆尽的格格森林一样，找不到一条可以前进的小路。但是德克依然下定了决心，一定要找到金龟。

王子湖即使不再纯净，我们也要把它留在大立方洲。

我们要打败沙魔，我们要向他讨回每一滴湖水。

我们还要用这些不再纯净的湖水，浇灌出一座美丽无比的彩虹家园。

3

在广阔灰暗的王子湖底，寻找一只乌龟，的确不是件容易的事情。

原本可以潜水导航的皮囊水壶也失了作用——那些"飞天乌鸦"突然杳无踪影，王子湖里早已看不到半滴湖水。

德克对着整装待发的动物们说，大家只能步行着分头寻找了，当然可以安排"空军"支援一下。

德克召集了所有禽类，搭配给了每一只沙漠动物，分成两人一组。

每个小组都随身携带着一枚冲天火烛。

说到这冲天火烛，却是秃鹫的功劳，当初秃鹫负责洞门爆破时，剩余的硫磺并没丢弃，一直随身携带，如今把硫磺掺进白鹅制作的火烛中，点燃后竟会冲天炸响，恰好作为搜寻小组之间的报喜信号。

德克布置妥当，别过众人，便与同组的小鸽子踏进了茫茫湖底。

王子湖的湖底并不泥泞，德克踩在上面才知道全是松软的沙子。

德克高举着火烛，对着头顶的乌鸦叮嘱，千万不要飞得太远，黑暗里容易迷路……话音未落，德克突然感觉脚下一空，整个身体便向下陷去。

流沙，是流沙！

德克暗叫一声不好，这些流沙的威力自己早有耳闻，沙漠里的蓦然失踪的绿洲村落，都是它的手笔。

德克慌乱中丢掉火烛，抓住项圈，默念一句"脱险"令辞，那支性情乖僻的金刚麻花笔倒没慢待，"倏"地一下，就把德克拖进了地下。

对，是地下。王子湖底的沙子的地下。

德克感觉自己成了一只鼹鼠，被金刚笔拽着，在流沙中钻了差不多半个时辰，才停了下来。德克浑身已被沙粒搓得血印纵横，像在油锅中炸过一样，痛不欲生。

德克稍事休息，缓缓睁开眼睛，就看到了阳光。

德克很久没有看到过阳光了。

德克享受了一会儿这久违的阳光，就用力晃晃脑袋，确定完不是自己的幻觉，才站起身来四下打量着。

德克感觉，眼前的景象，似乎在什么地方见过，一切都那么的熟悉。

一座小湖，熟悉。

阳光并不明媚，只是一束一束的，密密麻麻地照射在这片小小的湖面上，像漫天星光耀着一盏清酒，熟悉。

湖面上一丝风也没有，倒有些蝴蝶，每一只都长相奇特却又漂亮极了，德克自然喊不出它们的名字，岸边的一小片芦苇，德克勉强认识，但旁边那一大片五颜六色的花草，又闻所未闻，熟悉。

有几只青蛙"扑通扑通"跳进湖里，一些光晕就像缎子一样漫延开来，仿佛要舔到德克的双脚了，德克却不想躲开，也熟悉……

黑蟒！

对，德克带着队伍穿过黑洞去对付黑蟒时，出了洞口就是这般幻象。

又来这些花哨是不？

德克握住黑白麻花，恨不得淬它俩一口。

沙魔当道，圣地蒙难，你们身为上古法器，冷眼旁观也就罢了，三番五次地助纣为虐，如今又把唯一的乌鸦大师带到险地。

"天地不仁，以万物为刍狗"，这俩家伙，别提有多吃这一套了。

德克心生恨意，扬起胳膊便将手中麻花笔丢进了小湖里。

若是幻象，这池子里必是乌水，也让二位仙家尝尝这乌水的滋味。

神笔像刚才的青蛙一样，"扑通"一声沉入湖底。

那些幻象非但没有消失，却从湖中冒出了更大的幻象。

一只巨大的水怪缓缓升出了水面！

德克再冷眼一瞧，却只是一座奇形怪状的建筑，八根石柱子上，顶着一间圆圆的石房，房子上的门窗清晰可辨，正是与格格森林的石屋异曲同工。

德克看得亲切，上前一步就要打个招呼，却发现自己如在水中闭气，发不出半点声音。

德克的耳朵里，又开始出现了些细声细语。

这细声细语，却与先前的两只虫子的细声细语大不相同，这次的声音脆如风铃："黑土叠成漠，早音一日无。金鸦祖龙令，王子泪平湖。"

德克正听得云里雾里，好在先前的两只虫子及时爬了出来。

"这老金龟自恃受了仙人的宠溺，净卖弄些笔墨，老黑，你说咱的主人哪点比他差呀？"

"老白，文房四宝人家是占了宝砚高位，自然墨气浓郁，算了算了，唉，这通关字谜骨冠龙能看懂吗，你帮我想想，我到底有没有教过他猜字谜啊？"

"教没教都白瞎，再怎么聪明，他也只是一只恐龙，黑土叠成漠他怎么能猜到是一个墨字啊，早音一日无他怎么能猜到是一个章字啊……"

德克心中暗喜，正要细听下去，先前丢出的金刚笔，却被人从头顶的石窗里丢了回来，德克耳朵里的虫子，也瞬间闭上了嘴巴。

风铃声却再次响起："这两根多嘴的筷子，坏我雅兴，小恐龙，算你有福，字谜已泄，石门自开，你就踩着他俩爬进来吧。"

德克抬头望去，刚刚被丢回的的金刚笔，果然立地延伸，变化出了一条登高链梯，直达凌空石屋的石门入口。

二十一、再见，乌鸦

1

石屋里的布置极其简单，一张长长的石头案桌，一把老式木椅。

案桌上也只有一方黑砚，一张白纸。

传说中的那只金黄色的老乌龟，正背对着推门进屋的恐龙，趴在白纸上写写画画。

乌龟只是指了指四面的墙壁，示意德克，随便看看。

德克在干燥的沙层中遨游半天，又因盛水皮囊充了公，口渴难耐，便一心想被请进那把老式木椅中，坐下喝杯茶，参观不参观的倒无所谓。

乌龟半天听不到客人的反应，终于停下手中的毛笔，缓缓转过身来。

德克从来没有见过乌龟，书本上的画像也都是些模糊轮廓。如今，一只活生生的乌龟，就近在咫尺，德克终于见识到了比恐龙更加丑陋的动物。

看得出来，老人家努力想把两条腿站直，却因为身后的龟壳，把自己扣成了罗锅体型。粗短四肢就不必说了，说说脖子及以上吧。长长的脖子上，挑着一枚鸡蛋大小的脑袋，小脑袋被安排得拥挤不堪，三五条不等的抬头纹，两根灰白长眉挂在耳边，一双绿豆眼，鼻孔外翻成了鸳鸯火锅，剩下的就全部交给了几颗尖牙和一张利嘴。

没有下巴，至少德克没有看到。

乌龟笑起来也不怎么好看，像个满脸沟壑的老巫婆。

"这模样吓到你了吧，"乌龟坚持微笑着，把盛满墨汁的砚台，端到德克面前，"喝杯茶压压惊，能把一只恐龙吓成这个样子，看来老夫长得实在难看了些。"

德克半信半疑接在手里，那原本黑漆漆的墨汁，竟转眼换成了一杯绿艳茶汤，抿在嘴里清鲜甘醇，似舌底生泉，饥渴顿消。

几口绿茶下肚，德克甚至感觉，水压带给自己的失语障碍，也在解除，便试着开口道了一声谢。

果然谈笑无阻，口齿特别清晰。

接下来的对话，二位便你来我往，问问答答。

德克又在问答中，阅遍了这石屋四壁上雕刻的图文。

那些图文连在一起，只是在讲述一个故事。

故事发生在很久很久以前，久到……这块土地上没有王子湖，没有格格森林，没有大立方洲，没有绿洲，没有动物，也没有植物。

故事的开头，只有一只章鱼。

德克看到章鱼的图形，记得书本上学过，也叫墨斗，有时还称之为乌贼。

石壁记载：天地初开，日照之下皆为荒沌，遍地烽火，熔岩横溢，焦土飞扬，风沙肆虐。相传"墨章仙人"本为一位上天神祉，掌管文房四宝。仙人不忍见八荒涂炭，借研墨之机，私携天河圣水落入凡间。以水生木，再与金火土三元结成五行，相互融合，形成山川河流，花草树木，还孕育出三只祖虫。毛虫"金龙"为陆地之祖，繁衍兽类；鳞虫"金龟"为江海之祖，繁衍水族；羽虫"金鸦"为天空之祖，繁衍百禽。三祖相对独立又互为交融，子嗣延绵不断，生生不息。"墨章仙人"因违反祖规被剔除神位，污名为贼，遭受万道天劫，粉身碎骨后，化身雨露尘土，周循天地。天下厚土风调雨顺，族丁兴旺，繁衍生息近亿万年，原本相安无事，直到有一天，三位祖虫后裔，受了硅脉之祖"沙魔"的蛊惑，为了一个天下霸王的排名起了争执，最后引发了战争。那次旷世之战，实为苍生浩劫，虽然最终"金龙"兽族略占上风，但也折损了大半族员。至于"金龟"水族与"金鸦"禽族，几近绝迹。世间也很快再无"金龙"尊号，那些饮毛嗜血的兽族后代，被称为恐怖之龙，简称恐龙。恐龙一脉迅速开枝散叶，霸占了四海八荒，上天入地翻江倒海，吃光森林草木山珍水植，就同类相残弱肉强食，直至濒危。

德克问到所谓的硅脉之祖"沙魔"。

乌龟解释，墨章仙人恩泽之前，大地只有硅沙一脉，它们本无生命之征，悉数由岩石风化而来，陈年细化，形成微粒。根据沙粒的大小重量，可御风移动，变化出万千形态，长年累月，流沙积少成多，形成了沙漠，而背后控制沙漠的，是一股巨大的魔力，叫作"沙魔"。那"沙魔"被尊为硅脉之祖，却身无定形，性无常态，时而风平浪定，静享艳阳皓月之辉；时而飞沙走石，携簇狂风烈焰共舞。直至仙人临世，携天河水固住厚土，起万仞山镇压地火，遍植了草木林障等碳脉生命，遁化风雨，加上仙人牺牲元神，而化作的润泽灵气，这天下环境才渐渐清明起来，湖有光，山有色，万木荫蔽，日月峻拔。

"这沙魔没有被消灭吗？"

"硅脉与碳脉虽然对立了亿万年，但二者也在对立中依附融合，不可或缺，若一脉被灭，另一脉也难以独存。"乌龟自德克手中端回茶碗，茶汤又变回墨汁，乌龟就着黑墨又提笔在白纸上写写画画，"我们不喜欢沙子，以为它们冷酷无情，横行肆虐。沙子也不喜欢我们，以为我们假仁假义，固步自封。"

德克并不喜欢沙子，大立方洲也不需要沙子，一定要彻底消灭这个魔头。

德克想到这儿，却见乌龟停下运笔，扭头望着自己，然后指指案台上的纸砚："世间善恶清浊，像这纸砚一般，若各守黑白，自恃方圆，互不染指，便永世纸归纸，砚归砚。"

乌龟说着，一提手中的毛笔："实则只需要一支笔，即可轻松调和。"

"乌鸦大师，这天下的善恶清浊，你想灭掉哪个呢？"乌龟又近前几步，盯着德克的眼睛问。

见德克支支吾吾，乌龟便又笑着回去，伏案说道："王子湖水，至纯至清，却落纸无痕，甚至解不了生灵的口渴。乌合之水，至污至浊，却能挥毫泼墨，还能滋养万木，饱饲群兽。你来说说，它们孰善孰恶，孰存孰灭。当年，金刚法器选中恐龙一族作为乌鸦大师，无非因恐龙外恶内善，刚柔并济。乌鸦大师可不是为了消灭谁，杀死谁，而是利用手中法器各取精华，平衡苍生，令其得以繁衍生息，不至灭绝。"

乌龟的一番说教，竟把德克驳得哑口无言。

但德克知道，天大的道理，也掩盖不了大立方洲要沦为沙漠的事实。

德克的脑海里，又盘旋出那些消失的森林和湖水，那些生死未卜的朋友，那些面对灾难惊慌无助的恐龙。

"金龟师祖，我们不去消灭谁，我们只去拯救谁，如今，沙魔点燃了格格森林，吸干了王子湖水，大立方洲很快就会变成一堆沙子，所有动物都会死无葬身之地，乌鸦令说您法力高强，可以对抗沙魔，可以去避免这一切的发生。"

乌龟嘿嘿一笑，问德克还要不要续茶，德克摇了摇头。

"乌鸦令。"乌龟也摇了摇头，"当年一役，老金龙抢去我身上的金刚砚，抢去金鸦仙子的金刚笔，加上自己的金刚纸，就觉得尽收仙人文房至宝，可以号令天下，还给自己的法令起了个乌鸦令的威名。"

乌龟自斟自饮喝了杯墨汁，解了解口干舌噪，想必千万年来从未费过这般口舌。

"岂不知墨砚纸笔，以墨为尊，如果没有点墨于胸的学识，文房至宝与那些面板筷子碗有什么不同呢？你的乌鸦令，在恐龙面前可以混混吃喝，出了大立方洲，它不过是一张废纸，谁也命令不了，谁也对付不了。"

德克听到这儿，心中顿时万念俱灰，悲切难忍。

老乌龟的话自然是千古哲言，片字不虚。

如今，德克得知，自己万般景仰的乌鸦令，包括自己这位乌鸦大师，一代代被恐龙们诚心供奉，视若神明，到头来，却只是族群之间争强斗狠的虚幻之物，对于身处危难的亲族友邦，远不能解惑，近不能免灾。

《乌鸦令辞》不过是一张废纸，乌鸦大师也不过是一介废物。

"德克……以德克艰。"乌龟又在白纸上写下德克的名字，嘴里咀嚼着，却突然转向身后，"乌鸦大师，我想请教一下，何为德？"

德克有气无力地抬起脑袋，一边从怀中掏出金刚砚物归原主，顺便想到书本所学，便随口答道："乌鸦大师之德，应该传统守正，以身护法……"

没等德克背完后面的"驱除邪恶赶尽杀绝"，乌龟就一把夺过神砚，对着德克的脑袋敲了几下："狗屁不通。我讲了半天，你是一句也没听进去啊，你们这些乌鸦大师，若只知道默守陈规，如此死板教条，与一堆沙子有什么两样？"

德克感觉这只文质彬彬的乌龟，一定是气愤到了极点，不但用词粗鄙了些，口音也全是泥土味，家乡话都出来了。

"老乌龟！"

德克正被骂得不知所措，门外却突然传来一声更加粗鄙的呵斥。

2

推门而入的是两根筷子，顶着一颗门牙。

乌龟望去，非但没有生气，反而捧着肚子大笑："哈哈哈哈……二位身为上古仙家的文房法器，却被金龙那条老文盲拿来当了筷子，丢了龙须软毫，还镶颗门牙来代替，这是要练硬笔书法啊？啊哈哈哈哈……"

"老乌龟，那你身为掌管五湖四海的护水金龟，就因为一己私怨，弃砚归隐，任由天下苍生陷入绝境，你的良心……倒是挺耐脏啊。"

"是那条老长虫，是你们的主子挑起的战争好不好，要怪怪他去……"

"都哪年的老黄历了，仙人留下的三位金牌师祖，现在就剩你这只老王八了，对付老沙那个魔头你责无旁贷……"

"说得轻巧，你去对付对付试试，你以为去挖沙子呢……"

"甭说了，你就是怕死，比我们家金龙主人差远了……"

吵到这儿，乌龟壳却突然金光四射，鸡蛋脸也瞬间涨成了一枚熟透的红草莓，眼珠子鼓得颗颗饱满。

金龟上前一把逮住筷子兄弟，凄声叫到："我不怕死！我老乌龟都活了十万岁了，我有什么可害怕的，但是金鸦仙子呢，她一次次救人，一次次被熔化……"

乌龟说到气愤处，张口就死死咬住了手中的麻花笔，估计是喉咙部位，兄弟俩再也没发出半点声音。

能把一个文人惹成屠夫，德克感觉，乌龟一定受了平生最大的刺激。

德克一边好言相劝，脑海里又把乌龟刚才的话，仔细捋了一遍。

金鸦仙子……这才是关键的一环。

如果没猜错，乌龟口中的金鸦仙子，应该与秃鹫描述的那只母鸦，是同一只鸟。那么小鸽子……德克突然振奋起来，如果不出意外，那只关键的鸟儿，应该是小鸽子的近亲，事情就好办多了。

德克刚一走神，乌龟和金刚笔就缠斗在了一起。

金龟老当益壮，神笔年富力强，各不相让。

金刚笔被死死咬住，那自由活动的一端，就一会儿变成火苗烧乌龟尾巴，一会变成钢针扎乌龟屁股。每次疼痛袭来，老乌龟却只坚守一个信念：咬咬牙就挺过去了。

筷子喉咙就被咬得越来越紧。

德克眼看麻花都快被咬成两截了，心中不忍，乌鸦令辞脱口而出。

还算灵验，两根筷子一溜烟窜到了德克脖子上，化为颈圈。

乌龟活动了活动门牙，长长叹了一口气，自言自语道："天命呐，天命难违啊。"

乌龟说，这一切并非自己贪生怕死。

那沙魔时有作恶之心，却也不是任由它肆意妄为。

流年里乾坤明朗，四海升平，那些风沙并起不了多大的波澜。只有遇到生灵自生祸乱，那魔头才会失去制约，飞沙扬尘，浊浪滔天。

沙魔最可怕的手段，是一招蔽日魔障，它会把受尽污染的乌水，吸到半空与沙尘混合，形成一片遮天蔽日的天幕，令大地长坠黑暗，毁掉全部的植物。

"植物离开动物可以生长，但动物离开植物呢？"乌龟幽幽地问道，"毁掉植物，就能毁掉一切生灵，它们会慢慢变成灰烬，变成焦土，变成沙子。"

魔障一旦生成，便如一口黑锅悬于大地之上，坚不可摧，直至万物沙化。

乌龟说到这儿，却被筷子哥俩齐声打断："老乌龟，你也太长别人志气，灭自己威风了，魔障怎么就坚不可摧了，那金鸦的利嘴就能穿透……"

乌龟看起来更加颓废，声音变得越来越小，像是在说给自己听。

"墨章仙人自知天劫难逃，以五行之元孕育我们，就是为了对付老沙那个魔头。要破它的魔障，唯有一个办法，就是金龟……金龙……金鸦合力。金龟化作负重的地锁，金龙化作可伸

226

缩的长链，长链系于金龟与金鸦之间。金鸦……金鸦要自绝心智，激发出逐日的本性，利用坚硬的金刚尖喙，去一次次刺穿魔障，直到阳光重现，普照大地……魔障即解，长链自开，金鸦心智全无，本性也就一发不可收拾，她的眼睛里只有烈日，她会用尽全身的力气，朝着太阳飞奔而去……直至熔化。"

"哎呀，老金龟，也别太难过了。"

金刚筷子却也不是一对儿铁石心肠，眼见金龟神情沮丧，必与那金鸦情义笃深，又都是些舍身取义的志士，便收起芥蒂，一心说些安慰的软话。

"那金鸦仙子逐日涅槃，却也不是永世不见，五百年后又可重生……"

结果事与愿违，金龟精神一振，指着德克的脖子就冲了上来："站着说话不腰疼是吧？来来来，我这就把你俩丢金刚炉里炼成铁水，五百年后再赏你们个初具人形，你俩试试什么滋味，来来……"

德克突然想到了什么，一把抓住乌龟的手腕。

德克怔怔地盯着老乌龟的眼睛，手上的力度越来越大。

小鸽子，你一直在说的，那只需要被太阳烤化的金鸦仙子，就是那只羽毛还没长全的小鸽子，对不对？对不对……我来替她，我的头也很硬，我是一条骨冠龙，我也能钻破魔障，不信我撞给您看，您看，您看……

"别磕了，你钻个沙子都费事。"金刚筷子小声嘟囔着。

德克逼视着乌龟，脑袋终于一动不动，手脚却紧紧趴卧在地上，抖成了筛子。

3

德克慢慢睁开眼睛，就看到了正在抹眼泪的小鸽子。

德克昏迷之前，却听到一只老乌龟说她不是鸽子，乌龟说，她是一只羽毛还没长全的小乌鸦，说她长大后就会变得全身金黄，威风凛凛。

但在十万年里，这只乌鸦长大成年的机会并不多。

"她几乎每隔五百年，就会被太阳熔化一次。"乌龟说。

德克发现自己正躺在乌鸦大师的小床上。

床前围满了派出去寻找金龟的所有动物，见德克醒来，他们就七嘴八舌地解释，不是自己偷懒，都怪小鸽子点燃了冲天火烛，大家以为德克二位寻到了金龟，还纷纷把手中的冲天火烛当礼炮给放了，用来庆祝。没想到聚过去一看，只是德克晕倒了，半天不省人事。

原是当初小乌鸦心中着急，竟然拿火烛当了救护信号。

结果小鸽子哭得更凶了。

德克劝走众人，就拍拍乌鸦的小脑袋："好了，别再演了，都散场了。"

小鸽子抬头笑笑，眼睛里果然看不到半点泪光。

"吓死我了，德克哥哥，"小鸽子一翅膀飞上德克肩头，小嘴巴张张合合，"当时，你把火烛一丢，整个人直挺挺就躺在了地上，我想你一定是饿昏了头，我就赶紧把身上的果子往你嘴巴里塞，这才想起，你刚刚整了牙，一定咬不动这些坚硬的果子。于是我就把果子一个一个嚼碎了，好不容易给你喂了进去，结果你还是不醒，我就点燃了飞天火烛……"

"稍等。"德克扭头望着那只尖尖的乌鸦嘴，"你是说……你把果子……嚼碎了……然后……喂我？"

小鸽子认真地点了点头："对啊，要不然呢？我们鸟类都是这样喂别人啊。"

德克的脑海里，瞬间蹦出白鹅的那只水壶嘴儿，心说好在不是第一次，自己也基本习惯从这些鸟嘴里捞吃捞喝了。

德克正要庆幸自己胃部的平和反应，接着就绞痛起来。

小鸽子正在问道："那金龟要接着寻找吧？大家说放冲天火烛的时候，看到头顶上有一片很大很大的乌云。"

金龟答应，明天中午就会离开自己的小居所，帮忙除掉动物们头顶上的魔障。

金龙虽逝，好在金刚链子灵性十足，只要德克念动《乌鸦令辞》自会伸缩自如。

只是小乌鸦入世尚浅，要做到废除心智，本性毕露，需要金刚板的加持。

小鸽子最是看不得德克哥哥的消沉。

见德克稍一沉默，小丫头就转了话题，扳着德克的大嘴唇问，自己缝制的嘴罩哪里去了？还不由分说，蹦到德克怀里左右摸索起来。

很快，小鸽子就揪出了一件小马甲。

德克心中越发苦闷，马甲正是乌龟用金刚白纸所裁制，乌鸦一旦穿上，便如枷锁般牢固，只要金刚链不撒手，绝难脱落。

"德克哥哥，这是送给我的吗？"乌鸦抖着雪白的马甲，在德克的床头上跳来跳去，"看起来就挺合适的，我要赶紧穿给猪大篷和驼鸟小姐看一下，他们总是嘲笑我一身黑。"

"不要！"德克的胸口如万千利刃划过，"明天……明天再穿。"

小鸽子看到德克痛苦的表情，赶紧放下马甲上前查看。

德克身上，满是在沙地里穿梭时留下的血印，乌鸦却误会是大家救助德克时造成的刮伤，嘴巴里就埋怨起一个个冒失鬼的名字。

乌鸦说着，就张开翅膀，拔下一根最柔软的羽毛，蘸着清水为德克擦拭。

"小鸽子，如果有一天，你飞到很远很远的地方，你会想我们吗？"

"会啊，我飞得再远，也会回来的。"

"如果……时间很长呢？很长很长，你会忘记这个地方吗？王子湖，格格森林，还有那些五颜六色的团花树，太阳一出来，它们就会变成一团彩虹，你可不要忘记它们。你要记得飞回来，不要迷路。"

"好的，我记得飞回来，德克哥哥也要答应我啊，我不在身边，你不许发愁，不许叹气，不许发呆，你每天要像兔子一样跑来跑去，像肥猪一样开开心心。"

"嗯，我就开开心心地等你回来……"

"你还要帮我给那棵黄梁树浇水，让它长得高高大大，长出很多很多的叶子。"

"嗯……"

"你要站在黄梁树下等我，无论它有没有长出叶子。"

"嗯……"

"无论天空下不下雨，有没有刮风或者毒辣辣的日头，你一定要牢牢地站在那里。"

"嗯……"

"让我远远地看清你的脸，不许打伞。"

"嗯……"

"还有嘴罩，也不要戴噢。"

"嗯……"

尾 声

故事讲完的时候，总有人会问起我的年龄，这是一个很难回答的问题。

那场大雨后，第一次看到阳光，那年我三岁。

那些七个颜色的团花树，长成了像彩虹一样漂亮的小树林，那年我十岁。

大立方洲开始不停地吹进来一些沙子，越吹越多。

王子湖的湖水越来越少，那么一大片湖水和湿地，就慢慢像乌龟壳一样裂开，只留下了一洼一洼的水池，他们说，在沙漠里那叫作绿洲。

大家就给一个一个的绿洲，起上了名字，狼狗住的村子叫作源潮，公鸡住的村子叫作清潮，肥猪住的村子叫作塘潮，忘了是鼹鼠还是老鼠住的村子，叫作松潮……离我最近的是兔子住的窑洞，他们有没有名字来着？

我可能忘掉了。

每个村子都邀请我去住过几年，一圈下来，我总有一百岁了吧。

没了王子湖，格格森林的树就越来越少，一百岁的时候，我回到这儿，就只看到了那棵黄梁树，我就再也没离开过那块土地。

我在那棵黄梁树下，种了一些兔子送给我的种子，它们有的发了芽，有的没有发芽。

发了芽的，有的长成了大麦和玉米，有的长成了五颜六色的花朵，但是，没有一粒种子长成过树苗。

我就特别失望。

粮食只能引来麻雀，花朵只能引来蝴蝶。

只有很多很多的大树，才能长成森林，只有森林才能引来秃鹫或者乌鸦。

我每年会凿修一遍地面上的石头房子。

那些房子有大有小，我每修一座，脑海里就会蹦出一个可以钻进钻出的动物，我记得他们的模样，狼犬金虎，公鸡光明，肥猪大篷……他们的后代，住在那些有着好听名字的村庄里，才不稀罕这些冷冰冰的石头房子。

我种了总有一百年的粮食和花朵，修了总有一百遍的石头房子，我总有两百岁了吧。

等我准确地计算出自己的年龄，却发现，已经很长时间没有人来问起我的年龄。

也没人来听我讲的故事。

我又种了好多年的粮食和花朵，修了好多遍石头房子。

　　我已经彻底计算不出自己的年龄，却在一个太阳刚刚升起来的早晨，在那棵高高大大长出了很多叶子的黄梁树上，听到了一个声音。

　　"你是这棵树的主人吗？你看起来很老了，门牙都掉了一颗，你有十岁了吗？"

　　我仰起头来，看到了一只小鸟。

　　我没有激动，她虽然不是偷吃我粮食的麻雀，却也不是我盼望已久的秃鹫或者乌鸦。

　　我张开手，比划了比划，这只鸟大概有我一个巴掌的大小，通体雪白。

　　她的雪白，并不像穿上白马甲的小乌鸦那样，在阳光下会刺痛人双眼的雪白，她无论在阳光还是树荫下，都是那种不起眼的雪白。

　　我不想跟陌生人说话，一只雪白的鸟儿也不行。

　　我想说话的动物，要么已经离开了很久，要么很久以后才会回来。

　　"我能在这棵大树上做一个窝吗？冬天就要到了，我需要一个暖和的窝。"雪白的小鸟并不气馁。

　　见我不搭理自己，白鸟竟然直接飞到了我的石头房子上。

　　"不在树上做窝也行，我可以在这间石头做的房子里过冬吗？"

　　我低下头，继续修缮光明住过的房子，脑海里是一只大红冠子的花花公鸡。

"恐龙！"冷不防被白鸟吓了一跳，"怪不得你听不懂我说的话，原来你是一只恐龙，恐龙不是在几百年前就已经灭绝了吗？怎么还会有一只恐龙。"

　　白鸟在我面前，叽叽喳喳地叫着，又蹦又跳，看不出是惊奇还是亲切。

　　但绝对不是陌生。

　　"你叫什么名字？"我看到白鸟身上挂满了各种颜色的饰品，有插在头上的发卡，有别在胸前的胸针，有挂在腰上的灵符，有套在手脚的镯环……似乎有些眼熟，就尽量想从这只白鸟身上再寻找一些熟悉的影子。

　　"我叫小鸽子，"白鸟漫不经心地回答"嘿嘿，不过我的兄弟姐妹都被叫作小鸽子，我本来就是一只鸽子，我家就住在海边的鸽子崖上，听说很久以前，那儿叫作鹰崖，是一群秃鹫的地盘，两个月就会飞到这儿，顺风的话也得四十天。这儿的风，吹起来特别像我的家乡，只是泥土里更多些沙子，我可不喜欢沙漠，气候又燥热，动物们也冷漠……"

　　我的眼睛越睁越大。

　　这是个清爽极了的季节，天很高，用力吸一口气，人人都会感觉自己像一只飞着的大鸟。

　　我牢牢地站在黄梁树下，黄梁树正在疯长，仿佛过去几百年的春夏秋冬里，它只是静静地呆着，全在虚度。

　　阳光透过茂密的树叶，一束一束地照了下来。

　　我的眼睛有一些刺痛。

"你能给我起个名字吗？我想有个自己的名字。"

"小鸽子，就挺好……"我不想把时间浪费在给一只小鸟起名字上。

我有更重要的，很多很多的话，要跟她说。

我要告诉她，沙漠里不是只有燥热和冷漠。

这儿也有草原一样的广袤，有海洋一样的汹涌，也有爱和生命。

我要告诉她，那些风和沙子也并不可恨。

它们会让所有的爱和生命，变得坚如磐石，再也不会褪色。

我要赶紧告诉她。

（全集完）

——2022年2月22日完成首稿
——2022年3月30日完成二稿
——2022年6月10日完成三稿